24.5.97

Diogenes Taschenbuch 21962

Margery Allingham

Ein böser Nachbar

Roman

Aus dem Englischen von Karin Polz

Diogenes

Titel der 1928 erschienenen Originalausgabe:
›The White Cottage Mystery‹

Umschlagzeichnung von
Hans Traxler

Deutsche Erstausgabe

150/91/43/1
ISBN 3 257 21962 8

Inhalt

Vorwort

Margery-Allingham-Fans haben mich immer wieder gefragt, wo noch ein Exemplar von *Ein böser Nachbar* aufzutreiben sei. Es war der erste Kriminalroman der Autorin; er erschien 1928, nachdem er vorher in Fortsetzungen im *Daily Express* abgedruckt worden war. In Verzeichnissen der Bücher von Margery Allingham wird dieser Titel selten genannt, weil sie die Geschichte von vornherein als Fortsetzungsroman angelegt hatte, ohne an eine spätere Veröffentlichung in Buchform zu denken, während ihre späteren Campion-Romane, die sie berühmt machten, schon als Hardcovers geplant waren.

Um es dem oberflächlichen Zeitungsleser leichter zu machen, mit der Handlung Schritt zu halten, hatte sie sich der altbewährten Methode bedient, wichtige Teile in jeder Fortsetzung zu wiederholen. Viel später, als sich die Frage nach einer Neuauflage in Buchform stellte, war Margery der Meinung, daß ein unredigierter Abdruck der Geschichte ihre neugewonnene Lesergemeinde nur enttäuschen könne, und da sie nie die Zeit fand, das Buch zu redigieren, schob sie alle Wünsche nach einer Wiederveröffentlichung beiseite.

Da ich weiß, wieviel Vergnügen Margerys Geschichten ihren Lesern bereitet haben und noch immer bereiten, und da das erforderliche Redigieren sich nur darauf beschränkte, überflüssige Wiederholungen zu eliminieren, habe ich diese Arbeit übernommen; das Ergebnis entspricht, glaube ich, Margerys Vorstellungen. Ich hoffe, daß ihre vielen Leser nicht nur Freude an diesem Kriminalroman haben, sondern ihn auch als Bereicherung ihrer Sammlungen betrachten werden.

Tolleshunt d'Arcy, Mai 1974 *Joyce Allingham*

I

Das Mädchen mit der Blase am Fuß

Es war kurz nach vier Uhr nachmittags, als Jerry Challoner in einem Dorf in Kent seinen Sportwagen geschickt um eine Kurve lenkte und gemächlich durch den Ort fuhr.

Im Augenblick war er sehr zufrieden mit dem Leben. Er war gut vorangekommen und brauchte sich nicht zu beeilen, da es nur noch dreißig Meilen bis London waren. Der Herbstnachmittag war sonnig, und als Jerry nach vorn schaute, hatte er das Gefühl, es könne keinen friedlicheren Ort auf der Welt geben.

Selbst der rote Bus, der die Kreuzung überquerte, schien ein sanfteres, zahmeres Wesen zu sein als seine wilderen Brüder auf den Straßen Londons.

Ein Mädchen stieg aus dem Bus. Als Jerry näherkam, reichte der Schaffner ihr gerade einen großen Korb heraus und ließ sofort danach die Klingel ertönen, so daß das Mädchen allein auf der Straße stand und sich mit dem Korb abmühte, als Jerry auf ihrer Höhe ankam.

Er hielt neben ihr und beugte sich hinaus. »Hallo«, sagte er. »Kann ich Sie ein Stück mitnehmen?«

Das Mädchen drehte sich zu ihm um. »Sie schickt der Himmel! Es ist etwa eine halbe Meile die Straße hinunter, und ich habe eine große Blase am Fuß!«

»Das wäre geregelt«, sagte Jerry, nachdem sie sich neben ihm niedergelassen hatte. »Wohin wollen Sie?«

»Hier hinunter, an der rechten Seite. Das Haus heißt White Cottage. Ich zeige es Ihnen; es ist gleich hinter dem großen grauen Gebäude.«

»Ein sonderbares Bauwerk. Was ist es? Ein Heim?«

»O nein. Es ist ein Privathaus.«

Jerry musterte das große, kasernenartige Gebäude etwas erstaunt. »Ein Privathaus? Großer Gott! Wer wohnt dort? Es sieht aus wie ein Krankenhaus.«

»Nicht wahr!« sagte das Mädchen und lachte, ging aber nicht auf seine Bemerkung ein, und Jerry hatte den flüchtigen Eindruck, daß die Frage sie verlegen gemacht hatte. Inzwischen lag das scheußliche Gebäude hinter ihnen, und das Mädchen berührte ihn am Arm. »Sehen Sie«, sagte sie. »Wir sind da.« Sie zeigte auf ein weißes Haus, das weit von der Straße zurückgesetzt und von Sträuchern umgeben war.

Jerry hielt vor der Pforte und half dem Mädchen aus dem Wagen. »Ich bringe Ihnen den Korb rüber, ja?«

»Nun ... nein, vielen Dank – wenn es Ihnen nichts ausmacht«, sagte sie und schien merkwürdig beunruhigt.

»Oh, das geht in Ordnung«, sagte er heiter. »Ich lass' ihn hier stehen, okay? Sie können ihn später holen lassen; tragen Sie ihn nicht selbst, mit dem Fuß.«

Er wandte sich dem Auto zu, während er sprach, und war sich bewußt, daß sie ihn nicht länger als unbedingt erforderlich dort haben wollte. »Auf Wiedersehen also.«

»Auf Wiedersehen«, sagte auch sie, »und vielen Dank.«

Ein Sturm war plötzlich aufgekommen, und es fielen schon einige dicke Tropfen. Darum hielt Jerry ein kleines Stück die Straße hinunter wieder, um das Verdeck zuzumachen, und während er dabei war, wollte er die Gelegenheit benutzen, sich eine Zigarette anzustecken. Er stellte jedoch fest, daß er keine Streichhölzer bei sich hatte, und war im Begriff weiterzufahren, als ein Polizist um die Ecke kam und auf ihn zuging.

Jerry bat ihn um Feuer, und sie kamen ins Gespräch.

»Da zieht ein Sturm auf«, sagte Jerry.

»Ja, stimmt«, sagte der Polizist, der rotes Haar hatte. »Wir haben hier ein merkwürdiges Wetter, wegen der Hügel.«

Das Geräusch von Schritten auf der Straße vor ihnen ließ ihn innehalten, und mit der natürlichen Neugier eines Dorfbewohners musterte er den Mann, der an ihnen vorbeiging.

Es war ein überdurchschnittlich großer Mann mit blassem, unrasiertem Gesicht. Er trug keine Kopfbedeckung, und sein trockenes schwarzes Haar wurde vom stürmischen Wind nach hinten geweht. Er ging schnell und verschwand um die Ecke, ohne ein einziges Mal nach rechts oder links zu blicken.

Jerry schaute ihm nach; ihm war der gleiche vage Ausdruck von Besorgnis aufgefallen, den er im Gesicht des Mädchens gesehen zu haben glaubte. Von der Biegung der Straße hinter ihnen ertönte das Zuklinken eines Türschlosses, das wie die Pforte des White Cottage klang. Der Mann mußte dort hineingegangen sein.

Jerry wandte sich an den Polizisten. »Ich denke, ich mache mich wieder auf den Weg«, sagte er.

Der Polizist öffnete den Mund und wollte antworten, wurde aber von dem plötzlichen Knall einer Schrotflinte irgendwo rechts von ihnen unterbrochen. Er schloß den Mund und runzelte die Stirn.

»Wird zu dunkel fürs Schießen«, sagte er. »Besonders so nahe der Straße. Diese Burschen wollen nicht einsehen, daß diese Straße nicht mehr der einsame Feldweg von früher ist. Ich hab in der letzten Zeit mehrere Beschwerden von Leuten gehabt, die sich fürchten, abends hier langzugehen, weil sie Angst haben, für ein Karnickel oder so was gehalten zu werden. Wenn Sie mich entschuldigen, Sir, ich schau mal, ob ich den Kerl finde.«

Jerry kletterte wieder ins Auto und wollte eben den Anlasser betätigen, als ein Schrei hinter ihm ihn veranlaßte, sich umzudrehen und durch die Heckscheibe zu schauen.

Ein Mädchen flog die Straße hinunter auf ihn zu; ihr Gesicht war weiß und entsetzt. Sie kreischte aus vollem Hals: »Polizei! Polizei! Polizei! Mord!«

Der rothaarige Polizist lief zu ihr, und Jerry kletterte wieder aus seinem Auto und rannte hinter ihm her.

»Es ist im White Cottage«, keuchte das Mädchen. »Er ist da drinnen und alles voll Blut.« Bei dem letzten Wort taumelte sie nach vorn, und Jerry konnte sie gerade noch auffangen, bevor sie zusammenbrach.

Er sprach als erster. »Kennen Sie sie?«

Der Polizist nickte. »Sie ist Zimmermädchen im White Cottage«, sagte er. »Wir machen uns besser auf den Weg nach da. Können Sie sie an den Füßen nehmen, Sir, wenn ich sie an den Schultern packe?«

Der Sturm kam immer näher, und die dicken Wolken über ihnen verbreiteten eine unnatürliche Dunkelheit. Die Lorbeerbüsche rund um das White Cottage raschelten in dem böigen Wind, der einem Regenguß vorausgeht.

Jerry und der Polizist trugen das ohnmächtige Mädchen durch das Pförtchen und stolperten mit ihr zum Haus.

Als sie an die Haustür kamen, wurde diese aufgestoßen, und ein von Entsetzen gepacktes Mädchen mit grauem Gesicht kam in die Vorhalle gelaufen.

Jerry erkannte in ihr kaum dasselbe Mädchen, das er vor weniger als zehn Minuten an der Pforte abgesetzt hatte. Alles Strahlen, alle Jugend schienen ihr Gesicht verlassen zu haben, und ihre blauen Augen waren weit geöffnet. »Oh, ich bin froh, daß Sie kommen!« sagte sie atemlos. »Etwas Schreckliches ist geschehen. Kommen Sie gleich rein.«

Jerry und der Polizist setzten das Zimmermädchen auf einem Stuhl in der Vorhalle ab und folgten dem anderen Mädchen ins Haus.

Sie befanden sich in einer viereckigen Halle, ordentlich und weiß gestrichen, von der vier Türen abgingen. Drei davon waren geöffnet, und man hatte einen flüchtigen Eindruck von hellen Zimmern. Die vierte war geschlossen, und eine Gruppe von stumm-entsetzten Leuten stand davor und starrten auf diese Tür.

Jerry folgte der Richtung ihrer Blicke und sah eine dunkle Flüssigkeit langsam unter der Tür hervorsickern. Der Fleck war auf dem hellgrauen Linoleum sehr deutlich zu sehen, obwohl in der Halle fast Abenddämmerung herrschte.

Der rothaarige Polizist trat vor, vermied sorgfältig den Fleck und legte die Hand auf den Türknopf.

»Gehen Sie nicht rein!«

Die Worte kamen in einem hysterischen Aufschrei, und eine Frau löste sich aus der Gruppe. Jerry sah, wie sehr sie seiner Bekanntschaft vom frühen Nachmittag glich. Sie war vielleicht älter und etwas zerbrechlicher, aber die Ähnlichkeit war unverkennbar.

Der Polizist nahm die Hand vom Türknopf und betrachtete die Frau voller Zweifel. »Was geht da drinnen vor?« fragte er mißtrauisch.

»Gehen Sie nicht rein – es ist zu schrecklich.«

Bei den letzten Worten begann die Frau zu schluchzen, und in der Gruppe um sie herum entstand allgemeine Bewegung, als mit plötzlichem Räderquietschen ein von Hand angetriebener Rollstuhl vorschoß, und Jerry und der Polizist sahen hinunter in das blasse, gequälte Gesicht eines etwa fünfunddreißigjährigen Mannes. Sein Kopf und die Schultern waren die eines Riesen, der übrige Körper aber war schwach und schrecklich verkrüppelt. Er sprach hastig und mit einer leisen Stimme, die in direktem Gegensatz zu dem hysterischen Schreien der Frau stand.

»Sie kennen mich, Wachtmeister«, sagte er. »Gott sei Dank, daß Sie da sind. Etwas ganz Furchtbares ist geschehen. Man hat Mr. Crowther aus dem ›Dene‹ erschossen. Er liegt dort drinnen direkt vor der Tür. Meine Frau kam durch die Balkontür und fand ihn ... Seien Sie vorsichtig, wenn Sie ins Zimmer gehen.«

Der Polizist packte den Türknopf zum zweitenmal.

Jerry folgte ihm in das Zimmer.

Der Tote lag in einer Blutlache direkt hinter der Tür, auf dem Rücken, das Gesicht emporgerichtet und der obere Teil von Hemd und Jackett zur Seite gezerrt.

Von der Taille bis zum Hals war er fast in Stücke gerissen.

Jerry wandte sich ab; ihm wurde übel. Als er sich zur Seite

drehte, sah er auf dem rechteckigen Tisch, der mitten im Zimmer stand, eine einläufige Schrotflinte liegen; der Lauf war auf die Tür gerichtet, und Jerry fiel auf, daß der Schuß einen großen Teil der Tischdecke aus Velours weggerissen hatte.

Der Polizist zögerte nicht länger. Er zog sein Notizbuch hervor, und seine Hand, die den Bleistift hielt, zitterte.

Jerry wandte sich zu ihm und brachte eine Visitenkarte zum Vorschein. »Wachtmeister«, sagte er. »Ich bin Jerry Challoner, der Sohn von Kriminalkommissar W. T. Challoner vom Scotland Yard.«

2

W. T.

Viele Leute, die W. T. Challoner zum erstenmal sahen, begingen den Fehler, anzunehmen, daß sein Spitzname, »Windhund«, ein Scherz war. Er war ein harmlos aussehender Mann mit frischer Gesichtsfarbe, weißem Haar, intelligenten Augen und einer gewinnend väterlichen Art. Niemand hatte sich je nach seinem Alter erkundigt, und ein unaufmerksamer Beobachter, dem die besondere Elastizität seines Ganges und die leichte Andeutung von enormen Rückenmuskeln unter dem grauen Jackett nicht aufgefallen waren, hätte ihn für sechzig halten können.

Der Kommissar stand in dem kleinen Salon, den man ihm zur Verfügung gestellt hatte, und musterte seine beiden Kollegen – den rothaarigen Wachtmeister und den Inspektor aus New Campington mit den derben Gesichtszügen. Jerry stand hinter seinem Vater, still und aufmerksam.

»Nun«, sagte W. T. freundlich, »ich denke, wir können jetzt mit unserer Untersuchung beginnen, meinen Sie nicht?«

»Der Meinung bin ich auch.« Der Inspektor schien die Autorität des älteren Mannes zu begrüßen.

W. T. wandte sich an den Wachtmeister. »Wollen mal sehen«, sagte er. »Sie haben die Namen aller zur Zeit des Verbrechens im Haus anwesenden Personen und so viele Einzelheiten über sie, wie Sie in Erfahrung bringen konnten?«

Der rothaarige Polizist nickte und holte sein Notizbuch hervor. Der Kommissar setzte sich an den Tisch und schlug das Buch vor sich auf.

»Also«, sagte er wie jemand, der laut mit sich selbst spricht: »Wen haben wir denn? Roger William Christensen, den Hausbesitzer. Ist das der Mann im Rollstuhl, den ich sah, als ich reinkam? Eva Grace Christensen, seine Frau – sie fand den Ermordeten, wie ich höre ... Norah Phyliss Bayliss, ihre Schwester.«

Jerry spitzte die Ohren – sie hieß also Norah.

Der Kommissar las weiter. »Joan Alice Christensen, die kleine Tochter der Christensens, Estah Phillips, die Kinderfrau, Kathreen Goody, 17, Zimmermädchen, Doris James, 40, Köchin ... Ah! Sind das alle, Wachtmeister?«

»Ich glaube ja, Sir.«

»Gut. Nun zu dem Ermordeten. Wer war er?«

Der Polizist trat vor und blätterte eine Seite weiter im Notizbuch. »Es steht alles hier, Sir«, sagte er.

Der Kommissar strahlte. »Großartig! Ich sehe – Eric Crowther, wohnhaft im ›Dene‹. Wo ist das?«

»Das große graue Gebäude nebenan.«

»Lebt er allein dort – keine Frau, keine Dienstboten?«

»Keine Frau, aber Dienstboten. Sein Kammerdiener ist im Zimmer nebenan«, sagte der Inspektor, und seine belegte Stimme klang laut in dem Schweigen, das der Frage gefolgt war. »Ich habe ihn gleich, nachdem ich kam, holen lassen.«

»Sehr weise, Inspektor«, sagte W. T. »Ich denke, wir holen ihn sofort rein, Wachtmeister.«

Der Polizist verließ das Zimmer und kam kurz darauf in Begleitung eines ungepflegten Mannes zurück. Er hatte kleine blasse Augen, und kurzes, feuchtes, gelblichgraues Haar sprießte ihm wenig attraktiv um Gesicht und Kinn.

Er kam hereingeschlichen, die Hand des Polizisten auf der Schulter, als sei er bereits festgenommen, und blieb vor dem Tisch stehen, ohne aufzuschauen.

Der Kommissar sah ihn ein paar Sekunden lang stumm aus seinen intelligenten, scharfen und durchdringenden Augen an. Plötzlich rief er: »Clarry Gale!«

Der Mann zuckte zusammen und sah den Kommissar vor sich aus flackernden Augen an.

Dann lächelte er furchtsam. »W. T.!« murmelte er. »Was für'n Wunder! Wie geht's, Chef?«

Der Kommissar lächelte nicht. »Wie nennen Sie sich jetzt?«

»William Lacy, Sir.«

»Gut! Nimm bitte alles in Kurzschrift auf, Jerry... In Ordnung, Gale, regen Sie sich nicht auf. Sie werden gerecht behandelt werden. Jetzt beantworten Sie meine Fragen. Wie lange waren Sie bei Crowther beschäftigt?«

»Zehn Jahre.«

Es lag eine solche Welt von Empfindungen in den Worten, daß alle Blicke sich auf den Sprecher richteten.

Selbst W. T. schien überrascht. »Zehn Jahre?« sagte er. »Das heißt, seit Sie aus Wormwood Scrubs entlassen wurden, nicht wahr? Kannte Crowther Ihr Strafregister?«

Der Mann, der sich William Lacy nannte, nickte.

»Ja.«

»Sie haben sich also seit zehn Jahren nichts mehr zuschulden kommen lassen?«

»Nein.«

»Ich muß Ihnen gratulieren, Gale.« W. T. war offensichtlich verdutzt, aber er fragte den Mann nicht weiter nach seiner persönlichen Geschichte aus. Als er wieder das Wort ergriff, ging es um den Toten.

»Wie lange ist Crowther Besitzer des ›Dene‹?«

»Seit etwa sechs Jahren.«

»War er von Anfang an mit den Christensens bekannt?«

»Und schon davor.«

W. T. nickte verstehend.

»Man könnte sie also als alte Freunde bezeichnen«, sagte er. »Er kannte sie gut genug, um dieses Haus zu betreten, ohne zu klopfen?«

»Das hat er mit den meisten Leuten getan, wo er kannte«, erklärte Gale. »Niemand würde's wagen, *ihn* davon abzuhalten, irgendwo reinzumarschieren, ob sie seinen Besuch nun wollten oder nich.«

W. T. blickte scharf auf. »Was für ein Mensch war er?« fragte er. »War er beliebt in der Nachbarschaft?«

Mit einem Ausdruck von Haß, der um so schrecklicher wirkte, weil das Gesicht, das er überzog, so schwächlich war, holte Clarry Gale durch seine verfärbten Zähne pfeifend Atem.

»Er war ein Teufel«, sagte er, und er sprach voller Leidenschaft und als ob er nicht übertreibe.

Ein Funken von Interesse huschte über die Gesichter der vier Zuhörer, und W. T. fuhr fort: »Wissen Sie, warum er heute rüberkam?«

»Um Mrs. Christensen zu suchen.«

»Wissen Sie, was er von ihr wollte?«

»Er hat seit halb vier auf sie gewartet, und sie kam nich.«

»Hat Mrs. Christensen Crowther oft besucht?«

»Nein. Er hat sie oft in seinem Auto mit nach New Campington genommen, aber sie kam nie allein nich ins ›Dene‹, trotzdem er sie immer mit seinen Einladungen nervös gemacht hat. Aber ich hab ihr heut morgen 'n Brief gebracht, und er hat mir gesagt, daß er sie heute nachmittag erwartet.«

»Schien er wütend, als er das ›Dene‹ verließ?«

»Der war nie wütend – er lachte bloß, hol ihn der Teufel.«

»Und da haben Sie ihn zum letztenmal lebend gesehen?« fragte W. T. weiter.

Gale nickte. »Ja, das hab ich«, sagte er, mit einem merkwürdigen, fast erleichterten Ausdruck in der Stimme.

W. T. machte eine kurze Pause, dann blickte er auf. »Gut, das reicht erst mal. Ich schicke später wieder nach Ihnen. Oh, übrigens – eine Sache noch. Wie viele Dienstboten sind außer Ihnen drüben im ›Dene‹?«

»Nur die Köchin«, sagte der Mann und blieb zögernd in der Türöffnung stehen. »Nettes altes Mädchen, Fisher mit Namen. Mrs. Elsie Fisher.«

»Ich verstehe. Nur Sie drei haben also im ›Dene‹ gewohnt.«

»Ja, Sir, nur wir drei und Mr. Cellini.«

W. T. spitzte die Ohren. »Mr. Cellini?« fragte er. »Wer ist das?«

»Der Italiener, wo bei dem Chef wohnt.«

»Sein Sekretär?«

»Irgend so was.«

»Ich verstehe. Und dieser Mann ist Italiener. War er Ihrem Herrn gleichgestellt? Ich meine, waren sie befreundet?«

»O nein, sie waren nich *befreundet.*«

Die Andeutung eines Lächelns huschte über das Gesicht des alten Gauners. W. T. warf ihm einen Blick zu. »Was wollen Sie damit sagen?« fragte er scharf.

Clarry Gale verzog das Gesicht. »Er hatte keine *Freunde* nich«, sagte er. »Mr. Cellini hatte für ihn dieselben Gefühle wie alle von uns, schätze ich.«

»Und was für Gefühle waren das?«

»Er haßte ihn!«

Es lag eine fast bösartige Heftigkeit in der Stimme des Mannes, und W. T. lehnte sich in seinem Stuhl zurück. »Sie selbst haben natürlich ein ziemlich hieb- und stichfestes Alibi, Gale, nehme ich an?«

»Ich? Ich war seit'm Lunch mit Mrs. Fisher in der Küche.«

W. T. lächelte flüchtig. »Das habe ich mir gedacht«, sagte er. »Wenn Sie kein Alibi hätten, könnte Ihre Feindseligkeit gegenüber Ihrem verstorbenen Arbeitgeber mißverstanden werden. Aber wo ist Mr. Cellini jetzt?«

»Drüben in seinem Zimmer, nehm ich an. Da is er meistens, wenn er dem Chef entkommen kann.«

»Sie haben ihn nicht gesehen, bevor Sie das Haus verließen?«

»Nein, ich hab ihn den ganzen Nachmittag nich gesehn.«

»Gut, das ist alles im Augenblick. Aber gehen Sie hinüber zum ›Dene‹ und sagen Sie Mr. Cellini, daß ich ihn sprechen möchte. Oh, und sagen Sie nichts zu Mrs. Fisher, wenn Sie drüben sind, Gale. Kommen Sie einfach mit Cellini direkt zurück.«

»In Ordnung, Sir.«

Der Mann drehte sich um und verließ das Zimmer so schnell, wie nur je ein freigelassener Missetäter die Anklagebank verlassen hat.

Als die Tür sich hinter ihm schloß, holte W. T. tief Luft.

»Seltsam«, sagte er. »Der Mann war vor fünfzehn Jahren einer der unverbesserlichsten Gauner im Verbrecheralbum. Dann haben wir ihn aus den Augen verloren, und jetzt taucht er hier auf, mit zehn Jahren Beschäftigung hinter sich, einem ermordeten Arbeitgeber und einem Alibi. Ich denke, als nächstes sollte man sich mit Mrs. Christensen unterhalten.«

Als die Tür sich öffnete und Mrs. Christensen und der Wachtmeister hereinkamen, stand W. T. auf.

Jerry erkannte in ihr die Frau, die den Polizisten schreiend aufgefordert hatte, das Zimmer mit dem Ermordeten nicht zu betreten, als sie alle in der Halle standen.

Grace Christensen war sehr blaß und hatte dunkle Schatten unter den Augen. Sie schien jetzt jedoch viel gefaßter und setzte sich mit einer gewissen Würde auf den Stuhl, den W. T. ihr hinstellte.

W. T. machte in seiner ganz persönlichen Art viel Aufhebens von ihr und gab sich eher wie ein alter Hausarzt denn wie ein Kriminalkommissar, der einen Mörder sucht.

»Nun«, sagte er endlich, nachdem er sich überzeugt hatte, daß sie bequem saß und ganz entspannt war, »ich möchte Sie nicht quälen, Mrs. Christensen, aber es wäre eine große Hilfe für mich, wenn Sie mir einfach genau berichten könnten, was an diesem Nachmittag geschah. Nehmen Sie sich Zeit, und regen Sie sich auf keinen Fall auf; lassen Sie uns hören, was passiert ist.«

Die Frau sah zu ihm auf und antwortete sehr leise.

»Ich war im Garten«, sagte sie, »und habe an der anderen Seite des Hauses Unkraut gejätet; meine kleine Tochter war bei mir. Ich merkte, daß ein Sturm aufkam, und sammelte meine Geräte ein, weil ich ins Haus gehen wollte. Ich hatte gerade alles zusammen, als ich den Schuß hörte. Es war so nahe, daß ich wußte, es mußte von drinnen gekommen sein, und ich lief um das Haus, um zu schauen, was geschehen war. Die Terrassentüren vom Eßzimmer standen auf, und ich ging hinein. Die Flinte lag auf dem Tisch, und auf dem Boden, auf der anderen Seite, war... Oh, es ist zu schrecklich, daran zu denken!« Sie bedeckte das Gesicht mit den Händen, als wolle sie das Bild des Schreckens aussperren.

W. T. beugte sich über den Tisch und tätschelte ihr besänftigend den Arm. »Schon gut«, sagte er. »Denken Sie nicht daran. Sagen Sie, kannten Sie Mr. Crowther gut?«

Mrs. Christensen sah auf, einen leicht verängstigten Ausdruck in den Augen. »Er war unser nächster Nachbar – er kam ziemlich oft zu uns rüber«, sagte sie endlich.

W. T. nickte verständnisvoll. »Er kam und ging, wie es ihm gefiel?« sagte er.

Sie nickte eifrig. »Ja, so war es.«

»Aber Sie gingen nicht ebenso bei ihm ein und aus?«

Der verängstigte Ausdruck kehrte zurück. »Nein«, sagte sie.

Der Kommissar lächelte ermutigend; sein Gesicht wurde von Sekunde zu Sekunde wohlwollender und väterlicher. »Wie kam das?«

Die Frau machte eine kurze Pause, bevor sie antwortete. »Mr. Crowther war ein sonderbarer Mensch, Mr. Challoner«, sagte sie endlich und zögerte.

»Sie und Ihr Mann mochten ihn vielleicht nicht so gern wie er Sie?« schlug W. T. vor.

»Mr. Crowther war nicht ein Mann, den man mochte«, sagte sie steif.

Einen Augenblick herrschte Schweigen, dann beugte W. T. sich über den Tisch. »Mrs. Christensen«, sagte er, »glauben Sie mir, ich versuche nur, dieser Sache auf den Grund zu kommen, um zukünftige Unannehmlichkeiten und Ärger zu vermeiden. Darum sagen Sie mir, war Ihr Ehemann ... eifersüchtig auf Mr. Crowther?«

Die Frau senkte den Kopf, antwortete aber nicht, und W. T. fuhr fort: »Hatte er Grund dazu?«

Sie antwortete immer noch nicht, und er fragte langsam weiter: »Heute morgen haben Sie einen Brief von Crowther bekommen, in dem er Sie bat, am Nachmittag ins ›Dene‹ zu kommen. Warum sind Sie nicht gegangen?«

Sie sah ihn mit entsetzten, weit geöffneten Augen an. »Wer hat Ihnen ...« setzte sie hysterisch an.

»Spielt es eine Rolle?« fiel W. T. ihr sanft ins Wort. »Hören Sie, Mrs. Christensen. Sie müssen meine Fragen nicht beantworten, wenn Sie nicht wollen – Sie stehen nicht vor Gericht. Aber es wird eine gerichtliche Voruntersuchung geben, und es wäre in Ihrem eigenen Interesse, alles zu sagen, was Sie über diese Angelegenheit wissen.«

Mrs. Christensen musterte ihn eindringlich.

»Ich werde es Ihnen sagen«, entgegnete sie schließlich und sprach atemlos weiter, als könne es nicht schnell genug gehen.

»Eric Crowther kannte mich, bevor ich heiratete, und im Jahr nach der Geburt meines Babys zog er ins ›Dene‹ nebenan ein. Seitdem hat er mich mit seinen Aufmerksamkeiten belästigt. Natürlich erwiderte ich seine Gefühle nicht. Ich liebe meinen Mann, aber ich konnte Crowther nicht entkommen, ihn nie abschütteln. Ich konnte ihm nicht das Haus verbieten, ohne daß mein Mann mißtrauisch geworden wäre, und das wollte ich vermeiden. Seit etwa einem Monat wurde Crowther hartnäckiger, und ich wußte nicht mehr, wie ich verhindern sollte, daß mein Mann die Wahrheit ahnte. Heute morgen erhielt ich einen kurzen Brief von ihm, in dem er verlangte, daß ich am Nachmittag hinüberkomme. Ich nahm keine Notiz davon. Den Rest habe ich Ihnen bereits erzählt.«

Nachdem ihre Stimme verklungen war, herrschte für einen Augenblick Schweigen in dem Zimmer, dann ergriff W. T. das Wort. »Verzeihen Sie, Mrs. Christensen«, sagte er,

»aber... wäre es nicht einfacher gewesen, Ihrem Ehemann von Anfang an alles über Mr. Crowthers Belästigungen zu erzählen?«

»O nein... das könnte ich nicht... nie... niemals!« Ihre Stimme klang so eindringlich, daß ihre Zuhörer sofort den Verdacht schöpften, sie habe noch nicht die ganze Wahrheit gesagt.

W. T. zögerte.

»Mrs. Christensen«, sagte er, »es ist eine schwierige Situation. Sie geben zu verstehen, daß dieser Mann Ihr Leben belastet hat. Sie haben heute morgen einen Brief von ihm erhalten; Sie haben ihn ignoriert. Crowther kam herüber in Ihr Haus, vermutlich, um Sie abzuholen. Sie *sagen*, Sie hörten einen Schuß und gingen hinein und fanden ihn tot auf, aber was soll ich davon halten?«

Mrs. Christensen setzte sich steil auf und sah ihn mit vor Erstaunen geweiteten Augen an. »Sie denken doch nicht... ich...?« flüsterte sie. »Oh, das ist ungeheuerlich! Sie können nicht... Sie denken nicht etwa...«

»Beruhigen Sie sich, liebe Dame. Bis jetzt ist überhaupt noch nichts gesagt worden«, erwiderte W. T. und wurde wieder väterlich, aber Mrs. Christensen war zu Tode erschrocken und sprach unbeherrscht weiter.

»Aber so etwas können Sie doch nicht denken!« rief sie. »Hören Sie, meine kleine Tochter war die ganze Zeit bei mir – sie kann Ihnen sagen, daß ich den Garten erst verlassen habe, als der Schuß schon gefallen war. Lassen Sie sie holen, fragen Sie sie, sie wird es Ihnen sagen.«

Challoner verstand ihre Erregung zu gut, um ihr den Wunsch zu verweigern, und schickte den Wachtmeister, das Kind zu holen.

Mrs. Christensen wartete mit hoch erhobenem Kopf auf die Rückkehr des Wachtmeisters, aber die Schatten der Furcht standen noch immer in ihren blauen Augen.

Einige Minuten später öffnete sich die Tür, und der rothaarige Wachtmeister führte eine hochgewachsene hagere Frau von etwa fünfundsechzig herein. Auf den Armen trug sie ein kräftiges kleines Mädchen mit Zöpfen, das ein Flanellnachthemd anhatte.

W. T. lächelte die Frau an. »Bringen Sie die Kleine bitte für einen Augenblick her«, sagte er.

Die Frau sah ihn grimmig an, und er war sich bewußt, daß ihre schwarzen Augen mißtrauisch und feindselig blickten.

Aber er streckte die Arme nach dem Kind aus, und sie übergab es ihm unwillig.

W. T. setzte sich das kleine Mädchen auf das Knie, wo sie ernsthaft saß und ihn mit den ausdruckslosen, undurchdringlichen Augen Fünfjähriger ansah.

»Wie heißt du?« fragte er und lächelte sie freundlich an.

»Joan Alice«, sagte sie nach einigem Zögern.

»Ein hübscher Name«, sagte W. T. »Nun, Joan Alice, du warst heute nachmittag mit deiner Mutter im Garten, nicht wahr?«

Joan Alice antwortete nicht, und ihre nervöse Mutter beugte sich von der anderen Seite des Tisches zu ihr hinüber.

»Erzähl es ihm, Liebling«, sagte sie und versuchte vergeblich, die Angst aus ihrer Stimme zu halten. »Du weißt doch noch, daß du heute nachmittag mit Mami im Garten warst – du weißt doch, daß wir das Unkraut rausgezogen haben, damit die Blumen wachsen können ...«

»Ja«, sagte Joan Alice mit plötzlicher Begeisterung, »und ich hab das Unkraut in meinen Eimer getan, nicht?«

Mrs. Christensen seufzte vor Erleichterung, und W. T. befragte das Kind weiter. »Joan Alice«, sagte er, »jetzt versuch mal ganz fest, dich zu erinnern. Als du mit deiner Mama im Garten warst, hast du da irgendwo im Haus einen lauten Knall gehört?«

Das Kind antwortete ihm nicht; offensichtlich hatte es das Interesse an dem Geschehen verloren. Es spielte mit dem Füllfederhalter, der aus W. T.s Jackentasche hervorschaute.

»Joan, *Liebling*« – die Mutter war außer sich – »versuch, dich zu erinnern. Hast du den Knall gehört?«

»Ja«, sagte das Kind.

»Und warst du da bei deiner Mama im Garten?«

»Das warst du doch, nicht wahr, Baby?« Die Furcht in der Stimme der Frau war schrecklich anzuhören.

Joan Alice schaute ernsthaft auf und schüttelte den Kopf. »Nein«, sagte sie plötzlich und entschieden. »Ich war beim Feuer und hab meinen Eimer ausgekippt – du weißt doch, Mama, du hast gesagt, ich soll das tun.«

»Wo war das Feuer?«

»Oh, ein langes Stück den Garten hinunter«, sagte Joan Alice, und ihre sorglose Stimme klang unheimlich in dem spannungsgeladenen Zimmer.

»Du konntest deine Mama nicht sehen, als du den Knall hörtest?« W. T. sprach zögernd, als setze er die Befragung nur widerwillig fort.

»O nein.«

»Joan!« Vorwurf, Flehen und Entsetzen klangen aus der Stimme der Mutter, und das Kind sah sie erschrocken an.

W. T. erhob sich und übergab das Kind wieder der Kinderfrau; sein Gesicht war sehr ernst.

»Mrs. Christensen«, begann er behutsam, »es tut mir leid, aber ich fürchte, ich muß Sie bitten ...«

Sein Satz blieb jedoch unvollendet, denn in diesem Augenblick wurde die Tür unsanft aufgerissen, und Clarry Gale tauchte atemlos auf der Schwelle auf, das grobe Gesicht rot angelaufen vor Aufregung.

»Er's verschwunden!« verkündete er ohne Vorrede.

»Verschwunden? Wer ist verschwunden?« fragte W. T.

»Cellini natürlich!« Die Worte stolperten übereinander, so eilig hatte es Gale, sie loszuwerden. »Mrs. Fisher sagt, gleich als ich zum erstenmal hier rüberging, sah sie ihn ins Haus und rauf in sein Zimmer rennen. Er war zehn Minuten da oben, dann hat sie ihn wieder nach unten sausen und nach draußen gehen gehört. Sie kuckte aus'm Küchenfenster und sah ihn das Auto vom Chef rausholen und so schnell er konnte die Folkstone Road runterrasen. Ich war oben in sei'm Zimmer, und seine Sachen sind weg – er's abgehaun!«

3

Die Tischdecke

»So, mein Junge, sie werden sich darum kümmern. Ich denke, ich mache nebenan mit den Ermittlungen weiter.« W. T. legte den Telefonhörer auf, während er mit seinem Sohn sprach.

Er hatte gerade eine Großfahndung nach dem verschwundenen Cellini angeordnet.

Jerry schwieg einen Augenblick; er sah sich in dem Zimmer um und schauderte. »Mrs. Christensen ...?« begann er zweifelnd.

»Nun, ja«, entgegnete sein Vater. »Sie hat etwas zu verbergen – es mag wichtig sein oder auch nicht. Das ist das Schlimmste bei Fällen wie diesem, Jerry. Was sie für schwerwiegend und vertuschenswert halten, kann das Verrückteste und Albernste auf der Welt sein, und doch sind sie bereit, ihren Hals lieber direkt in die Schlinge zu stecken, als es zu verraten.«

Er hielt inne und starrte trübsinnig vor sich hin. Als er wieder sprach, hörte er sich an wie ein alter Anwalt, den ein rein hypothetischer Fall irritiert. »Und dann das da«, sagte er plötzlich. »Hast du jemals etwas derartig Absurdes gesehen?«

Jerry folgte der Richtung von W. T.s Blicken und sah, daß sein Vater auf die noch immer auf dem Tisch liegende Flinte starrte.

»Sieh sie dir an!« sagte W. T. »Sieh sie dir nur an.«

Jerry runzelte die Stirn. »Ich verstehe nicht ...«, setzte er an.

»Nein?« sagte W. T. überrascht. »Sieh dir die Tischdecke an – in Stücke zerfetzt wie Crowthers Brust. Diese Flinte wurde von da abgeschossen, wo sie jetzt liegt, nicht aus Schulterhöhe; sie wurde nicht einmal aus Armeslänge abgeschossen, wie etwa eine unwissende verängstigte Frau es getan haben möchte; sie wurde vom Tisch aus abgeschossen. Zumindest der Kolben lag auf dem Tisch, der Lauf war leicht angehoben... Ein hinter dem Tisch kniender Mann hätte es tun können, aber da er gegenüber seinem unbewaffneten, ahnungslosen Opfer im Vorteil war – warum sollte er knien?«

Jerry nickte. »Das stimmt«, sagte er. »Im Zimmer gibt es keine Anhaltspunkte, nehme ich an?«

W. T. schüttelte den Kopf. »Nichts Brauchbares. Die Fotos mögen etwas bringen, aber ich habe keine großen Hoffnungen. Nein, wir können hier drinnen im Augenblick nicht mehr tun. Sobald die Ärzte ihre Beratungen abgeschlossen haben, lassen wir diese übel zugerichtete Leiche entfernen. Aber jetzt werden wir uns wieder den Vernehmungen zuwenden. Ich möchte mich mit dieser Kinderfrau unterhalten; genau neben den Terrassentüren führt eine Treppe vom Kinderzimmer hinunter zum Rasen. Schickst du sie zu mir? Ich bin bei den anderen.«

Während Jerry sich auf die Suche machte, ging W. T. zurück in den kleinen Salon, und als er seinen Platz hinter dem Tisch wieder einnahm, sagte der Inspektor aus New Campington mit den derben Gesichtszügen gerade: »Die Frau hat es nicht getan, Mrs. Christensen hat es nicht getan.«

»Ah«, sagte W. T. »Das glauben Sie nicht... Sagen Sie mir, warum?«

»Ja«, erwiderte der Inspektor. »Wenn sie es getan hätte, hätte sie das Kind absichtlich zum anderen Ende des Gartens geschickt, und sie hätte es nicht vergessen. Doch als sie Sie bat, das Kind holen zu lassen, hatte sie vergessen, daß es nicht bei ihr war, als der Schuß fiel.«

»Das ist eine interessante Feststellung, Inspektor. Sie ist absolut zutreffend.«

Der Inspektor nickte, aber W. T. wurde unterbrochen, weil Jerry und Estah Phillips, die Kinderfrau, das Zimmer betraten.

Als W. T. die Frau sah, spürte er wieder, wie sehr sie ihm seine Anwesenheit verübelte. Jetzt, da er mehr Muße hatte, sie zu betrachten, wurde ihm klar, daß Estah Phillips Persönlichkeit hatte. Sie war hochgewachsen und hager und trug ihre Jahre mit Würde. Ihre kleinen, dunklen Augen blickten ihn finster an. Ihr schwarzes, einfaches Kleid war hoch am Hals geschlossen, und ihr zerfurchtes, hartes Gesicht hatte die Farbe von Pergament.

Sie folgte Jerry aufrecht wie ein in Gefangenschaft geratener General ins Zimmer und lehnte den Stuhl, den W. T. ihr anbot, brüsk ab.

»Nun«, sagte er und lächelte auf die denkbar freundlichste Weise, »nun, Miss Phillips, ich möchte, daß Sie tun, was Sie können, um mir in dieser Sache zu helfen.«

Ein kurzes, verächtliches Lachen entschlüpfte ihr, und für den Bruchteil einer Sekunde zersplitterte ihr wie geschnitztes Gesicht in ein höhnisches Lächeln.

»Von mir werden Sie keine Hilfe bekommen, rechnen Sie also nicht damit«, sagte sie mit rauher, bebender Stimme.

So unerwartet diese Antwort auch war – W. T. blieb unbewegt. Er musterte die Frau scharf. »Sie kommen von der Küste von Essex, nicht wahr? Aus der Gegend von Colchester?«

Jetzt war sie es, die Überraschung zeigte, und ihre kleinen, dunklen Augen flackerten.

»Ja«, sagte sie schließlich mürrisch und widerwillig. »Ich bin dort in der Gegend, in Goldhanger, geboren. Meine Leute leben schon seit Generationen dort.«

»Das habe ich mir gedacht«, sagte W. T. »Möchten Sie wissen, wie ich das erkannt habe?«

»Nein«, sagte die Kinderfrau.

»*Daran*«, sagte W. T. und lächelte mit verzeihlicher Genugtuung in sich hinein. »Nun«, fuhr er fort und wurde plötzlich sehr amtlich, »seit wann sind Sie bei Mrs. Christensen beschäftigt?«

»Seit sie in der Lage war, mir meinen Lohn zu zahlen.«

W. T. runzelte die Stirn. Er hatte nichts übrig für Zeugen, die seine Fragen allzu wörtlich nahmen. »Was ich meine ist, seit wann kennen Sie sie?« sagte er streng.

»Seit sie geboren wurde. Ich war ihr Kindermädchen.«

»Oh, ich verstehe.« W. T.s Ton wurde verständnisvoller. »Und Sie haben sie sehr gern.«

»Als wäre sie mein eigenes Kind.« Die Worte klangen so heftig, daß W. T. aufblickte. Er erhaschte nur die Spur eines flüchtigen Ausdrucks in den schwarzen Augen, aber das genügte. Er erkannte, daß er die eine, alles beherrschende Leidenschaft ihres Lebens berührt hatte – tief und primitiv und unglaublich stark –, den Mutterinstinkt einer kinderlosen Frau, der sich auf eine einzige Person konzentriert.

»Ich verstehe«, sagte er ruhig. »Dann müssen Sie jetzt tun, was Sie können, um mir zu helfen, ihr zu helfen.«

»Ihr zu helfen!« wiederholte die Kinderfrau verächtlich. »Sie haben, seitdem Sie in dieses Haus kamen, nichts anderes getan, als das arme Mädchen fast in den Wahnsinn zu treiben – als hätte sie nicht schon vor dieser ganzen Schießerei genug Sorgen gehabt.«

W. T. spitzte die Ohren. »*Vor* der Schießerei?« fragte er.

Die alte Frau musterte ihn mißtrauisch. »Wieviel hat sie Ihnen erzählt?« verlangte sie zu wissen.

»Über Mr. Crowther? Alles«, erwiderte W. T. rasch. »Warum sollte sie es verbergen?«

Der Gesichtsausdruck der Frau veränderte sich nicht. Noch immer glitzerte Mißtrauen in ihren Augen.

»Nein«, sagte sie schließlich. »Das ist wohl wahr. Er lungerte ständig um sie herum. Es machte sie beinahe verrückt. Er war ein Teufel, dieser Mann.«

»Es scheint ihn wirklich kein Mensch gemocht zu haben«, sagte W. T.

»Niemand hatte Grund dazu«, sagte die alte Frau. »Es gibt niemanden in diesem Haus oder in seinem eigenen, der nicht froh ist über seinen Tod – niemanden.«

»Geht das nicht ein wenig zu weit, Miss Phillips?« fragte W. T. sanft. »Sie zum Beispiel – warum sollten Sie froh über seinen Tod sein?«

»Warum? Hat er ihr nicht das Leben zur Hölle gemacht?« sagte die alte Kinderfrau, plötzlich aufbrausend. »Ich war froh über seinen Tod. Ich habe in den vergangenen fünf Jahren jeden Abend auf den Knien darum gebetet. Ich *bin* froh über seinen Tod.«

»Bedenken Sie, was Sie sagen«, protestierte W.T. »Der Mann ist gerade ermordet worden. Sie können nicht herumlaufen und solche Dinge sagen. Was, denken Sie wohl, soll ich davon halten?«

»Es ist mir egal, was Sie davon halten«, sagte die alte Frau eigensinnig. »Ich sage die Wahrheit, und der Herr in Seiner Barmherzigkeit sorgt für die Unschuldigen. Ich sage nicht, daß ich es nicht getan hätte, wenn ich eine Gelegenheit gehabt hätte.«

W. T. lehnte sich auf seinem Stuhl zurück und fuhr sich mit der Hand über die Stirn. »Ich kann nur wiederholen, daß Sie sich sehr unklug verhalten, Miss Phillips«, sagte er steif. »Wie lange ist es her, daß Mr. Crowther ins ›Dene‹ zog?«

Miss Phillips zuckte mit den Schultern. »Ich weiß es nicht – vielleicht vier Jahre, vielleicht fünf.«

»Können Sie sich nicht genau erinnern?« drängte W.T. sanft. »Bringen Sie es mit einem anderen Ereignis in Zusammenhang.«

Sie warf ihm einen scharfen, mißtrauischen Blick zu. »Es war vor etwas über sechs Jahren«, sagte sie schließlich.

»Woher wissen Sie das?«

»An Jo-ans Alter«, sagte sie und löste den Namen mit einem Anklang an ländliche Mundart in zwei Silben auf. »Er zog etwas über ein Jahr vor ihrer Geburt ein.«

»*Vor* ihrer Geburt?« W.T. zog die Augenbrauen hoch. »Ich dachte, Mrs. Christensen sagte, ein Jahr *danach*.«

Miss Phillips' Augenlider zuckten einen Moment, doch sie

erwiderte unerschütterlich: »Nein, es war davor. Sie hat es vergessen, schätze ich.«

»Sagen Sie«, fragte W. T., »als Mr. Crowther im ›Dene‹ einzog, waren er und Mrs. Christensen damals ... hm ... freundlicher zueinander als zum Beispiel gestern?«

Die alte Kinderfrau sah ihm direkt in die Augen. »Ich weiß, was Sie denken«, sagte sie, »aber Sie irren sich. Er, der tot ist, gehörte nicht zu *der* Sorte Mann – er hatte große Sünden auf dem Gewissen, aber die gehörte nicht dazu.«

»Ich verstehe«, sagte W. T. »Ich danke Ihnen. Da ist nur noch eine Sache – es ist eine Kleinigkeit, aber ich möchte ganz klar sehen –, diese Schrotflinte nebenan, sie gehört zu dem Haus, nehme ich an ... war sie immer geladen? Wer hat sie gewöhnlich benutzt?«

Die Kinderfrau sah ihn mit einem seltsamen Blick an. »Er«, sagte sie. »Es war seine Flinte.«

»Er?« fragte W. T. verwirrt.

»Er, der tot ist«, sagte die Kinderfrau gleichmütig.

»Die eigene Flinte des Toten?« rief W. T. aus, vor Überraschung aus seiner üblichen Gelassenheit gerissen. »Wer hat sie hergebracht? War sie schon länger im Haus?«

Die hagere alte Frau zögerte, und ihre schwarzen Knopfaugen musterten ihn zweifelnd. »Ich weiß nicht, ob ich es Ihnen sagen soll«, erklärte sie endlich.

W. T. beugte sich über den Tisch vor. »Sicher sollen Sie das«, sagte er. »Ich bin nicht als ein Feind hierhergekommen, Miss Phillips. Ich tue nur mein Bestes, den Schuldigen zu finden, damit den Unschuldigen Kummer erspart bleibt.«

Die alte Kinderfrau sah ihn ernst an. »Ich glaube Ihnen«, sagte sie. »Vielleicht erzähle ich Ihnen alles, was ich über die Flinte weiß.« Sie hielt inne, und W. T. machte Jerry ein Zeichen, das, was sie sagte, mitzuschreiben.

»Nun«, sagte er schließlich, »ich höre ...«

Miss Phillips holte tief Luft.

»Vielleicht wissen Sie, daß vor dem Kinderzimmer ein Balkon ist, genau über den Terrassentüren im Eßzimmer. Manchmal sitze ich am Nachmittag da draußen. Vor zwei Tagen saß ich dort und nähte. Es war so um vier Uhr, und ich sah ihn, der tot ist, über den Rasen kommen, mit der Flinte unter dem Arm, als ob er gerade aus dem Wald käme. Er hat mich aber nicht gesehen«, fuhr sie fort und lächelte säuerlich vor sich hin, »er war mit den Gedanken im Eßzimmer, und er ging direkt unter mir vorbei, ohne mich zu bemerken. Mr. Roger war in dem Zimmer, das heißt Mr. Christensen – ich nenne ihn immer Mr. Roger –, und ich hörte, wie er, der tot ist, Mr. Christensen ansprach. ›Hallo, Sie‹, sagte er und fügte ein Wort hinzu, das ich weder Ihnen noch sonst wem wiederhole – damit behauptete er nämlich, daß *sie* ihm untreu sei.« Sie hielt inne.

»Weiter. Was sagte Mr. Roger?«

Estah Phillips zögerte. »Ich erzähle Ihnen das nur, weil ich glaube, daß Sie die gute Sache vertreten«, sagte sie dann. »Ich habe keiner Menschenseele ein Wort von all dem erzählt.«

»Das stimmt«, sagte W. T. ermutigend. »Sie können uns vertrauen.«

»Mr.Roger, er drehte sich um zu ihm«, fuhr die alte Kinderfrau fort. »Sagte, Mr. Crowther solle sich schämen. Dann begann der, der tot ist, zu lachen – er hatte ein schreckliches Lachen, für das es nur ein Wort gibt, und das ist hämisch – hämisch –, als amüsiere er sich. Dann sagte er – und ich hörte ihn von meinem Balkon so deutlich, als wäre ich unten bei ihm – ›Sie hassen mich, nicht wahr, Christensen? Und Sie haben auch Angst vor mir, stimmt's?«

Schweigen hatte sich in dem Raum ausgebreitet, während die alte Frau sprach, und in der Stille klang ihre rauhe Stimme wie auf der Bühne.

»Mr. Roger antwortete nicht darauf«, fuhr sie fort. »Und dann lachte und fluchte der, der tot ist, wieder. ›Sie Feigling!‹ sagte er, und noch ein Wort, das ich auslasse. ›Wenn Sie auch nur ein Fünkchen Mut hätten, würden Sie mich umbringen, aber Sie wagen es nicht – Sie haben Angst. Töten Sie mich, Christensen – ich habe es verdient... Töten Sie mich, Sie erbärmlicher Waschlappen.‹«

Sie unterbrach sich plötzlich und senkte unwillkürlich die Stimme.

»Er verhöhnte Mr. Roger weiter, und dann hörte ich ihn ganz plötzlich und deutlich sagen: ›Hier ist meine Flinte – sie ist geladen. Ein Schuß daraus würde mich erledigen. Nehmen Sie sie, Christensen. Nehmen Sie sie und schießen Sie auf mich. Sie haben Angst. Ich weiß, daß Sie nie wagen würden zu schießen – aber Sie täten es gern. Gott! Wie gern Sie es täten, Christensen! Dann hätten Sie sie ganz für sich selbst. Sie wollen die Flinte nicht? Ich wußte, daß Sie sie nicht nehmen würden, aber ich lasse sie hier in der Ecke zurück. Sie ist geladen, Sie können also jederzeit, denken Sie daran – jederzeit, Sie kleiner Feigling – sie wird immer dort sein.‹ Und dann kam er wieder raus auf den Rasen, und ich konnte sehen, wie er in sich hineinlachte, als er den Weg entlangging.«

Estah Phillips verstummte und sah die Anwesenden besorgt an. »So ist die Flinte hierhergekommen«, sagte sie. »Hoffentlich war es nicht falsch, Ihnen das zu erzählen.«

»Das war das Klügste, was Sie tun konnten«, sagte W. T. sanft. »Irgendwann kommt die Wahrheit immer heraus, und je früher, desto besser. Wo waren Sie, als heute nachmittag der Schuß fiel? Im Kinderzimmer?«

»Nein, ich habe im Gästezimmer die Wäsche durchgesehen – gehen Sie hinauf und sehen Sie das Durcheinander, wenn Sie wollen. Kathreen hat mir fast die ganze Zeit geholfen, aber sie war runtergegangen, um sich um den Tee zu kümmern, als ich den Schuß hörte.«

»Lange vorher?«

»Etwa fünf Minuten, ungefähr.«

»Ist das Gästezimmer weit entfernt vom Kinderzimmer?«

»Es ist über diesem Zimmer – ein Stückchen weg.«

W. T. nickte. »Ich danke Ihnen«, sagte er. »Das ist alles.

Würden Sie Mr. Christensen bitten, für einen Augenblick hereinzukommen? Danke.«

Als die Tür sich hinter ihr schloß, lächelte Jerry. »Dort jedenfalls geht eine unschuldige alte Frau von hinnen«, sagte er.

»Dort geht eine gerissene alte Frau von hinnen«, sagte W. T.

Jerry sah ihn überrascht an. »Willst du damit sagen, daß du ihr nicht glaubst?«

W. T. schüttelte den Kopf.»Im Gegenteil, ich glaube ihr«, sagte er. »Alles was sie *gesagt* hat – aber sie hat ein Geheimnis, Jerry – sie hat ein Geheimnis. Jeder scheint ein Geheimnis zu haben. Der Ermordete muß ein höchst sonderbarer Kunde gewesen sein. Ich frage mich ...«

Er wurde von einem plötzlichen nervösen Klopfen an die Tür unterbrochen; dann sprang die Tür auf, und ein Mann in einem Rollstuhl platzte in das Zimmer.

Er rollte direkt auf den Tisch zu, an dem der Kommissar saß, und streckte die Hand aus, um sich abzustützen. Dabei sah man nur seinen Kopf und die Schultern über den Tisch ragen. Während sie ihn musterten, schoß Vater und Sohn im gleichen Augenblick der gleiche Gedanke durch den Kopf ... die Flinte auf dem Tisch, die versengte Tischdecke ...

Der Schuß, der Eric Crowther getötet hatte, konnte nur von jemandem abgegeben worden sein, der kniete ... oder der saß ...

4

Der Rollstuhl

»Sie haben nach mir geschickt?«

W. T. sah den Mann mit festem Blick an, und seine Augen schienen strahlender zu werden und sehr durchdringend.

»Sie sind Roger William Christensen«, begann er, »der Besitzer dieses Hauses?«

»Ja.« Das einsilbige Wort klang ruhig.

»Wo waren Sie zur Zeit des Mordes?«

Das ernste Gesicht des Behinderten zeigte keinerlei Gefühlsregung. »Ich war im Wohnzimmer«, sagte er, »dem Zimmer nebenan, das heißt, zwischen diesem und dem Eßzimmer.«

»Das können Sie natürlich beweisen?« W. T.s Ton war trocken und sachlich. Mr. Christensen sah überrascht aus.

»Na ja, nein«, sagte er und lachte entschuldigend. »Vermutlich kann ich das nicht. Ich war allein im Zimmer und blätterte in meinen Büchern, während ich darauf wartete, daß meine Frau zum Tee hereinkam. Die Bücher liegen noch so da, wie ich sie liegen ließ, als ich den Schuß hörte. Ich weiß nicht, ob das als Beweis akzeptiert werden würde.«

W. T. ignorierte die letzte Bemerkung. Er war damit beschäftigt, etwas in das inoffiziell aussehende Notizbuch einzutragen, das er immer bei sich hatte.

»Was taten Sie«, fuhr er schließlich fort, »als Sie den Schuß hörten?«

»Ich eilte hinaus in die Halle – natürlich –: Der Knall war fürchterlich.«

»Das glaube ich«, sagte W. T., ohne aufzusehen. »Sie müssen dem Tatort am nächsten gewesen sein. Haben Sie als erster die schreckliche Entdeckung gemacht?«

»Nein, das habe ich nicht.« Mr. Christensen sprach ohne Nervosität, in einem ruhigen Gesprächston, und nur sein angespanntes Gesicht ließ eine innere Erregung vermuten. »Es fällt mir immer etwas schwer, mit einer Tür fertig zu werden, die sich nach innen öffnet, das heißt auf mich zu. Wie Sie sehen, bin ich ziemlich hilflos in diesem Stuhl«, – er lachte ein wenig verlegen. »Ich glaube, bei dieser Gelegenheit brauchte ich ein paar Sekunden länger als sonst, die Wohnzimmertür zu öffnen. Vermutlich hatte die Explosion mich nervös gemacht. Als ich endlich in die Halle kam, stieß ich dort auf Kathreen, und im nächsten Augenblick kam meine Frau aus dem Eßzimmer gerannt. Sie schrie und rief, daß Crowther ermordet worden sei.«

Er hielt inne, und W. T. runzelte die Stirn. »Wenn Sie nichts dagegen haben, Mr. Christensen, lasse ich jetzt das Mädchen Kathreen holen, damit sie Ihre Aussage bestätigt.«

Mr. Christensen nickte. »Wie Sie wünschen«, sagte er.

W. T. musterte Mr. Christensens gesenkte Augen und den resignierten Gesichtsausdruck mit den Blicken eines Experten. Einen Augenblick schwieg er, dann wandte er sich an den rothaarigen Polizisten. »Schicken Sie Kathreen Goody rein, Wachtmeister«, sagte er und wartete schweigend, bis der Polizist das mollige Mädchen mit dem runden Gesicht hereinbrachte, das er und Jerry von der Straße ins Haus getragen hatten.

Sie war noch immer zu Tode erschrocken, und ihre braunen Augen schienen fast kreisförmig zu sein.

Als W. T. sah, wie verstört sie war, kehrte er wieder seine gütige, onkelhafte Seite hervor und sah sie strahlend an.

»Nun, Kathreen«, sagte er, »ich möchte, daß du dir große Mühe gibst, dich an das zu erinnern, was heute nachmittag geschah. Die meiste Zeit hast du oben im Gästezimmer verbracht und mit Miss Phillips' Wäsche durchgesehen, nicht wahr?«

»Ja-a«, sagte Kathreen mühsam.

»Gut«, sagte W. T. und lächelte sie an. »Und was hast du dann getan?«

»Ich... ich bin runter und hab Tee gemacht«, sagte Kathreen, »und ich bin in die Speisekammer und wollte die Butter holen und...« Sie brach mit heiserer Stimme ab und begann zu zittern. »Und ich habe den Knall gehört, Sir.«

»Ja?« sagte W. T. mit jener Geduld, für die er bekannt war. »Ja... und was hast du dann getan?«

Kathreen nahm sich zusammen. »Ich... ich sagte ›Oh!‹, Sir, und ließ die Butter fallen«, sagte sie heiser.

W. T.s Ausdruck veränderte sich nicht. »Sehr verständlich«, sagte er freundlich. »Und bist du gleich danach direkt in die Halle gegangen?«

»Nein, Sir«, sagte Kathreen. »Die Köchin sagte, zuerst soll ich die Butter aufheben.«

»Oh, die Köchin war also auch da?«

»Ja, Sir.«

»Als du den Schuß hörtest?«

»Ja, Sir.«

»Wie lange etwa nach dem Schuß gingst du in die Halle – drei Minuten?«

Kathreen zögerte.

»Erst hab ich die Butter fallen lassen, Sir, dann bin ich zur Tür von der Speisekammer gelaufen. Dann sagte die Köchin, ich soll die Butter aufheben. Ich hab sie aufgehoben und auf einen sauberen Teller gelegt; dann bin ich durch die Küche in die Halle gelaufen. Es müssen ungefähr drei Minuten gewesen sein, Sir.«

»Braves Mädchen«, sagte W. T. »Und als du in die Halle kamst, was hast du da gesehen?«

»Der gnädige Herr schob sich gerade durch die Wohnzimmertür, Sir«, sagte das Mädchen. »Dann flog die Eßzimmertür auf, und Mrs. Christensen kam rausgelaufen und schrie. Ich bin in das Eßzimmer gegangen, Sir, und...« Ihre braunen Augen weiteten sich vor Entsetzen, die Stimme versagte ihr.

»Es ist ja gut, es ist ja gut, Kathreen«, sagte W. T. rasch, »das war alles, was ich wissen wollte. Du kannst jetzt gehen. Jerry, öffne Miss Goody die Tür. Es ist ja gut, mein Kind, mach dir keine Gedanken. Denk nicht mehr daran. Es ist jetzt alles vorbei.«

Wenn Jerry je eine Frau mit Höchstgeschwindigkeit aus einem Zimmer geführt hatte, dann wohl diesmal. Er befürchtete, sie könnte wieder in Ohnmacht fallen, und war erleichtert, als sie sich unversehrt im Wohnzimmer niedergelassen hatte.

Norah saß auch im Wohnzimmer, in der Nähe des Kamins. Sie lächelte ihn matt an, als er ins Zimmer kam, und er wollte schon hinübergehen und mit ihr sprechen, als sein Blick auf eine Tür in der Wand zwischen Wohnzimmer und Eßzimmer fiel. Von der anderen Seite war sie ihm nicht aufgefallen. Wahrscheinlich öffnete sie sich zur dunklen Ecke hinter den schweren Übergardinen, dachte er.

Der Mann im Rollstuhl hatte sich zur Zeit des Mordes im Wohnzimmer aufgehalten. Nach seiner eigenen Angabe war er erst drei Minuten nach dem Schuß in die Halle gekommen. Könnte er diese drei Minuten nicht damit verbracht haben, durch diese zweite Tür zurückzuhasten und sich quer durch das Zimmer und die andere Tür in die Halle zu begeben? Angesichts Estahs Geschichte, angesichts der versengten Tischdecke, angesichts der von Mrs. Christensen zugegebenen Eifersucht ihres Mannes schien es im Augenblick keine andere Erklärung des Rätsels zu geben.

Jerry zeigte auf die Tür und bemühte sich, natürlich zu sprechen. »Hören Sie«, sagte er, »läßt die Tür dort sich öffnen?«

Norah sah etwas erstaunt zu ihm auf. »Natürlich«, sagte sie. »Warum?«

»Sie... sie wird nicht verschlossen gehalten?« beharrte Jerry.

Das Mädchen beugte sich in ihrem Sessel vor, drehte den

Türknopf und öffnete die Tür. »Sehen Sie?« sagte sie. »So lassen wir sie immer. Wir benutzen sie oft.«

Jerry antwortete nicht. Er war so überwältigt von seiner Entdeckung, daß er auf dem Absatz kehrtmachte und zurück in den kleinen Salon lief, während Norah ihm nachstarrte.

»Natürlich«, sagte W. T. gerade, als Jerry das Zimmer wieder betrat und leise seinen alten Platz hinter dem Stuhl seines Vaters einnahm, »natürlich bestätigt die Geschichte des Mädchens Ihre eigenen Angaben, aber es gibt da eine Sache, die Ihre Frau betrifft und über die ich, fürchte ich, mit Ihnen sprechen muß, weil die Aussagen dazu bisher sehr unterschiedlich waren.«

Mr. Christensen sah ihn ruhig an. »Haben Sie keine Bedenken, mich zu fragen, was Sie wollen«, sagte er.

»Hatten Sie jemals Grund zur Annahme, daß Ihrer Frau von Eric Crowther Aufmerksamkeiten erwiesen wurden?«

Mr. Christensen hob langsam den Blick und sah W. T. direkt in die Augen. »Nein«, sagte er schließlich.

W. T. zögerte einen Augenblick, und Jerry dachte zurück an Estah Phillips' lebhafte Schilderung des Gesprächs, das sie vom Balkon aus mitgehört hatte. W. T. hatte wohl auch daran gedacht, denn er sagte: »Es tut mir leid, daß ich solche Fragen stellen muß, Mr. Christensen, aber hat der Tote nie etwas zu Ihnen gesagt, das auf eine Art... nun ja... Verhältnis hinwies?«

Der Mann im Rollstuhl machte eine kurze Pause, bevor er antwortete, und ein Ausdruck von Abscheu und Verachtung glitt über sein Gesicht. »Der Tote war der übelste Schurke auf dieser Welt!« sagte er. »Manchmal dachte ich, er müsse wahnsinnig sein – dann konnte ich ihm ein wenig verzeihen.«

Nachdem Christensen gesprochen hatte, herrschte Schweigen, und das Echo seiner Worte schien noch in der Luft zu hängen, obwohl sie nicht laut gesprochen worden waren.

Als erster sprach schließlich W. T. »Ich fürchte, das müssen Sie uns erklären, Mr. Christensen«, sagte er langsam.

Christensen nickte, und seine langen, dünnen Finger verflochten und entflochten sich in nervöser Hast.

»Eric Crowther war ein Feigling und ein Sadist«, sagte er. »Von dem Tag an, als ich aus Frankreich zurückkehrte, verkrüppelt, wie Sie mich jetzt vor sich sehen, ist er in meinem Haus ein- und ausgegangen, als hätte er hier Wohnrecht; dabei deutete er ihre Untreue an, zuerst sanft, fast unmerklich, dann ganz unverhohlen, prahlend, gestikulierend, er *log*.«

Seine Stimme erstarb zu einem Flüstern, und W. T. musterte ihn ungläubig. »Er log?« murmelte er.

»Natürlich!« sagte Christensen verächtlich.

W. T. ergriff wieder das Wort. »Wenn Sie wußten, daß er log, verstehe ich nicht ganz, warum Sie sich das gefallen ließen«, sagte er, »zumal seine Aufdringlichkeit Sie offenbar mit Groll erfüllte.«

»Ich mußte es mir gefallen lassen.« Roger Christensen sprach immer noch ruhig, aber unter der erzwungenen Ruhe zeigte sich ein heftiger Unmut. »Was sonst hätte ich tun können?« fuhr er fort. »Er war kein Mann, auf den Worte den geringsten Eindruck machten. Er hatte keinen Anstand, keinen Stolz. Natürlich wäre es das Beste gewesen, wenn ich mich an die Polizei gewendet hätte – ich hätte ihn wegen Hausfriedensbruch oder Belästigung verklagen können, aber das hätte ich nur mit Widerwillen getan; meiner Frau graute vor dem Aufsehen. Sie haßte Crowther ebenso wie ich, aber sie lehnte es immer ab, über ihn zu sprechen, und ich habe sie nie gedrängt.« Er machte eine Pause, und ein bitteres Lächeln verzerrte seinen großen, sensiblen Mund. »Die einzige Möglichkeit, mit einem solchen Mann fertigzuwerden, wäre es gewesen, ihn auszupeitschen«, sagte er, »und Sie sehen, daß ich unfähig war, diesen Weg einzuschlagen... Gott! Was hätte ich für eine einzige Stunde meiner früheren Kraft gegeben!« Der letzte Satz brach unfreiwillig aus ihm heraus.

W. T. runzelte die Stirn. »Ich muß Sie darauf aufmerksam machen, daß Sie sehr gefährliche Erklärungen abgeben, Mr.

Christensen«, sagte er sanft. »Ist Ihnen die Bedeutung Ihrer Worte völlig klar?«

Christensen nickte. »Ich habe gesagt, daß ich Ihnen alles mitteilen würde, was ich weiß«, sagte er langsam. »Ich habe Crowther nicht getötet, aber wenn ich es getan hätte, würde ich nur bedauern, daß ich ihn vorher nicht hätte verprügeln können. Ich habe mich im Wohnzimmer aufgehalten, als der Schuß fiel; danach habe ich mich genauso verhalten, wie ich Ihnen gesagt habe.«

W. T. seufzte. »Nun, Mr. Christensen, das ist für den Augenblick alles, aber ich muß Sie bitten, das Haus nicht zu verlassen.«

Mr. Christensen nickte. »Das verstehe ich durchaus«, sagte er, wendete seinen Rollstuhl und fuhr durch die Tür, die Jerry für ihn aufhielt, hinaus in die Halle.

»Und jetzt«, sagte W. T., während die Tür sich schloß, »denke ich, wir werden die Sitzung auf morgen vertagen.«

Wie zu erwarten, erhoben der Inspektor und der rothaarige Polizist keine Einwände, und innerhalb von zehn Minuten waren Jerry und sein Vater allein.

5

Die einzige Alternative

»Nun«, sagte W. T. und schaute hinüber zu seinem Sohn, »den Mörder schon gefunden, Jerry?«

Jerry verzog das Gesicht zu einer Grimasse. »Es ist ziemlich offensichtlich, oder?«

W. T. zog die Augenbrauen hoch. »Der arme Teufel im Rollstuhl war es«, sagte Jerry. »Hör zu, Dad, so war es.«

Hastig umriß er die Theorie, die er während seines kurzen Aufenthalts im Wohnzimmer aufgestellt hatte. »Hast du die Tür gesehen?« beendete er seine Ausführungen eifrig. »Sie ist nie abgeschlossen; der ganze Haushalt benutzt sie. Was könnte für den Burschen einfacher gewesen sein, als ins Eßzimmer zu flitzen, die Flinte aus der Ecke zu zerren, vom Tisch aus zu schießen, zurück ins Wohnzimmer zu sausen und durch die andere Tür in die Halle zu rollen? Klar wie dicke Tinte – er hat sich selbst verraten.«

W. T. seufzte.

»Jerry«, sagte er, »du hast ein rasches Auge, eine lebhafte Einbildungskraft und die Gabe, Zusammenhänge zu sehen, aber aus dir wird nie ein guter Kriminalbeamter – dir fehlen die Grundlagen. Ist dir etwas an der Tür aufgefallen, außer der Tatsache, daß sie nicht verschlossen war?«

»Nein«, gab Jerry zu, »nichts Besonderes. Warum?«

Sein Vater holte sein Notizbuch hervor und blätterte es durch.

»Hier«, sagte er schließlich, »hier steht's. Diese Tür, Jerry, ist gerade 66 Zentimeter breit, und der Rollstuhl unseres Freundes, Mr. Christensen, ist ungewöhnlich breit. Sieh dir doch die Spuren der Räder auf dem Zeitungsblatt dort auf dem Fußboden an – miß sie für mich aus.«

Jerry nahm das Bandmaß, das sein Vater ihm entgegenhielt, und ließ sich auf Hände und Füße nieder.

»Siebzig Zentimeter«, sagte er endlich.

W.T. nickte. »Und das ohne die Radnaben«, sagte er. »Er hätte deine Tür nicht passieren können, Jerry, und damit ist peng! deine kleine Theorie geplatzt. Nein, Roger Christensen hatte nur eine Möglichkeit, den Mord zu begehen, nämlich in dem Augenblick, in dem er Crowther die Halle betreten hörte, das Wohnzimmer zu verlassen, an dem Mann vorbei an die andere Seite des Tisches zu rollen, die Flinte aus der Ecke zu holen, Crowther zu töten und dann schnell kehrtzumachen und das Eßzimmer zu verlassen, wobei er auch noch darauf achten mußte, die direkt vor der Tür liegende Leiche zu vermeiden – ein sehr heikles Manöver –, und dann zurück durch die Halle und wieder ins Wohnzimmer zu hasten, alles, bevor Kathreen auf der Bildfläche erschien; sie sah ihn aus dem Zimmer herauskommen, nicht *hinein*, wenn du dich erinnerst. In drei Minuten eine ziemlich fixe Arbeit für einen Mann im Rollstuhl, was? Das Mädchen sagte ohnehin, daß er sich durch die Wohnzimmertür ›schieben‹ mußte. Übrigens wirst du feststellen, daß alle Türrahmen im Haus zerkratzt sind, wo er ein und aus geht. Nein, Jerry, mein Junge, ich glaube nicht, daß das unser Mann ist.«

Jerry kauerte sich auf die Fersen und sah zu seinem Vater auf – sein üblicher leicht erstaunter Ausdruck war stärker als sonst ausgeprägt. »Wer... wer dann...?« begann er.

W.T. nickte und fuhr sich mit den Händen über das zerzauste weiße Haar. »Das ist genau der Punkt. Sie verhalten sich alle, als seien sie unschuldig, und doch verbirgt jeder von ihnen etwas. Jeder hatte ein Motiv, Crowther zu töten, und gibt es offen zu. Kein vernünftiger Mensch würde das wagen, wenn er sich nicht sicher fühlte. Nehmen wir sie uns nacheinander vor. Da ist Mrs. Christensen. Sie hat die Leiche gefunden – das heißt, sie wurde als erste Person gesehen, die aus dem Zimmer kam, wo die Leiche lag. Sie gibt offen zu – das ist das Verzwickte –, daß sie Crowther haßte und daß er das Leben unerträglich für sie machte. Er kam heute herüber, um mit ihr zu sprechen – das wissen wir... Dann sagt sie, daß ihr Ehemann eifersüchtig auf den Mann war – und nachher stellt sich heraus, daß das nicht stimmt. Sie verbarg etwas, ein Geheimnis, das sie mit Crowther teilte und dem wir noch nicht auf die Spur gekommen sind.«

W. T. hielt inne und sah seinen Sohn an. »Bis jetzt sieht es sehr schlimm für sie aus«, fuhr er fort, »aber ich würde einen Eid darauf leisten, als ihr klar wurde, was ich aus ihren Worten folgerte, entsprang ihr Schrei ebensosehr der *Überraschung* wie dem Entsetzen. Und dann ließ sie ihr Kind holen – *sie* ließ es holen, wohlgemerkt, nicht ich –, und es machte ihr einziges Alibi zunichte.

Dann ist da ihr Ehemann.« W. T. runzelte die Stirn. »Auf den ersten Blick – wo die Flinte nun einmal dort lag, wo sie lag, und angesichts seines zugegebenen Hasses – könnte er es ebensogut getan haben wie seine Frau. Doch abgesehen von den Schwierigkeiten mit der Zeit und mit seiner Fortbewegung neige ich dazu, seiner Geschichte an sich zu glauben; sie klang echt.«

Jerry nickte. »Ja, das tat sie«, stimmte er zu. »Er schien wirklich helfen zu wollen.«

W. T. lächelte gequält. »Das ist häufig ein Zeichen von Schuld«, sagte er. »Wenn ein Mann sagt, er möchte gern helfen, und uns lange Geschichten über andere Leute erzählt, verheimlicht er gewöhnlich etwas. Dieser Bursche aber sprach nur über sich selbst, was merkwürdig ist, wenn er schuldig ist.«

»Dann ist da Estah«, sagte Jerry.

»Ich weiß«, sagte sein Vater. »Das ist ein weiteres Problem. Estah hätte Crowther töten können – nichts ist wahrscheinlicher. Sie haßte ihn – erklärt uns, er müßte tot sein –, geht sogar so weit zu sagen, sie habe gebetet, er möge sterben – und keiner kann sagen, was sie zur Zeit des Mordes tat. Nachdem

Kathreen gegangen war, hatte sie gerade genug Zeit, die obere Halle zu durchqueren, vom Kinderzimmer aus die Außentreppe hinunterzulaufen, durch die Terrassentür das Eßzimmer zu betreten und auf den hereinkommenden Crowther zu schießen, um dann auf dem gleichen Weg zurückzulaufen, bevor Mrs. Christensen um das Haus geeilt kam. All das ist möglich, gewiß, aber andererseits – ist es wahrscheinlich? Woher sollte sie wissen, wann genau Crowther das Haus betreten würde? Ihr Fenster geht auf den Garten. Warum sollte sie die Flinte vom Tisch aus abfeuern? Wer diesen Mord auch begangen haben mag, er muß es der Eingebung des Augenblicks folgend getan haben; es war keine Zeit für einen Streit vor dem Schuß. Nach Aussage seiner eigenen Dienstboten verließ Crowther sein Haus um Viertel nach vier; fünf Minuten später war er tot. Sie wissen alle etwas darüber, Jerry, aber den eigentlichen Mord können wir ihnen genausowenig nachweisen wie Kathreen oder dieser Schwester von Mrs. Christensen, mit der ich sprach, oder dem alten Gauner Clarry Gale, dessen bloße Anwesenheit ein Rätsel ist...«

Jerry saß einen Augenblick schweigend da, dann sah er mit ernstem Gesicht auf.

»Und die einzige Alternative...« begann er.

»Ist Cellini«, beendete W. T. den Satz. »Wir werden bald Neues hören; er kommt jetzt am ehesten in Frage. Und doch«, fügte er mit einem plötzlichen Lachen hinzu, »und doch, wenn er sich nicht aus dem Staub gemacht hätte, hätten wir nicht mehr Beweise gegen ihn als gegen irgendeinen der anderen.«

Er hatte seine Ausführungen kaum abgeschlossen, als die Tür sich öffnete und ein Mann das Zimmer betrat, der seine Umgebung unter buschigen Augenbrauen hervor mißtrauisch betrachtete. Es war Evelyn Cave, einer der angesehensten Mediziner des Scotland Yard.

W. T. erhob sich, um ihn zu begrüßen. Die beiden waren

gute Freunde und hatten in der Vergangenheit viele Fälle zusammen bearbeitet.

»Nichts Neues, nehme ich an?« Es klang fast etwas wie Wehmut aus W. T.s Stimme.

Der Arzt zögerte. »Nun«, sagte er. »Ich weiß nicht... Der Körper ist nicht so gefallen, wie er aufgefunden wurde. Ich hatte schon am Anfang den Verdacht, obwohl es durchaus natürlich erschien, daß der Bursche nach einer derartigen Explosion flach auf den Rücken fiel. Aber verschiedene kleine Hinweise, auf die ich inzwischen stieß, bestätigten jetzt meinen ersten Verdacht.«

W. T. starrte ihn an. »Wie meinen Sie das?« fragte er scharf. »Daß der Mann auf den Rücken rollte, nachdem er den Boden berührte, oder... daß jemand ihn umgedreht hat, als er dort lag?«

Dr. Cave steckte die Hände tief in seine Taschen, hob sich auf die Zehen und neigte den Kopf ein wenig zurück, um das Gesicht seines Kollegen zu mustern. »Jemand hat ihn bewegt«, sagte er. »Jemand hat ihn auf den Rücken gerollt. Kommen Sie mit und sehen Sie selbst.«

Jerry folgte seinem Vater und dem Arzt in das Zimmer, wo die blutverschmierte Leiche noch immer lag.

Bei dem Anblick wurde ihm wieder schlecht, wie beim ersten Mal, aber der Arzt und W. T. beugten sich interessiert über die Leiche.

»Sie sehen«, sagte Cave, und etwas von seiner Gelassenheit schwand dahin, »Sie sehen, Will, als er auf den Boden fiel, schlug seine rechte Schulter gegen das Bein dieser Kommode, und das schleuderte ihn nach vorn auf das Gesicht, was diese große Blutlache hier erklärt; er muß mehrere Sekunden so gelegen und die ganze Zeit geblutet haben wie ein Schwein. Sehen Sie, die Lache umgibt ihn von allen Seiten; wäre er auf den Rücken gefallen, so wäre das meiste Blut im Körper geblieben.«

Jerry wandte sich ab; ihm wurde übel. Sein Vater jedoch

beugte sich vor, seine Augen verengten sich, und die Falten in seiner breiten Stirn wurden tiefer.

»Ich verstehe«, sagte er langsam. »Sie denken also, daß jemand ihn umgedreht hat, als er schon auf dem Boden lag, jemand, der... der sein Gesicht sehen wollte, zum Beispiel...?«

»Ja«, sagte Cave einfach. »Oder jemand, der an seine Brusttasche heranwollte.«

Nachdem der Arzt gesprochen hatte, herrschte für einen Augenblick Schweigen. Endlich richtete W. T. sich auf und ging langsam im Zimmer auf und ab.

»Aber es fehlte nichts«, sagte er. »Die Brieftasche war, von den Einschußlöchern abgesehen, unangetastet, es wurde kein Geld gestohlen...«

»Trotzdem glaube ich, daß er beraubt worden ist«, erklärte der Arzt hartnäckig. »Sehen Sie sich an, wie das Hemd aufgerissen ist. Es ist so mit Blut durchtränkt, daß es mir zuerst nicht auffiel, aber keine Schrotflinte macht einen solchen Riß – das Hemd wurde *aufgerissen*.«

W. T. nickte. »Sie haben recht, Cave«, sagte er leise. »Das ändert die Sache völlig... Es war kein gewöhnlicher Raubüberfall. Der Mörder wollte etwas haben, das Crowther sehr sorgsam aufbewahrte – etwas, dessen Verlust er so fürchtete, daß er es unter sein Hemd knöpfte. Jetzt habe ich endlich das Gefühl, daß wir vorankommen, Gott sei Dank.«

Er verstummte wieder.

»Natürlich«, sagte er plötzlich. »Natürlich, selbstverständlich.«

»Was ist natürlich?« fragte Jerry, den diese neue Entwicklung und die Möglichkeiten, die sie andeutete, verwirrten.

»Nun«, sagte W. T., »wer auch die Leiche bewegt hat, nachdem der Schuß gefallen war, muß die Hände voller Blut gehabt haben. Es gibt keine Alternative – das schlaueste Geschöpf auf Erden konnte das Hemd nicht aufgerissen und ein Päckchen drunter hervorgezogen haben, ohne sich zu beschmutzen; du siehst selbst, daß das unmöglich ist. Das bringt uns sofort näher an Tatsachen. Innerhalb drei Minuten nach dem Schuß war der ganze Haufen von Verdächtigen in der Halle versammelt. Blutflecken sind nicht leicht zu verbergen, und die Chancen stehen eins zu hundert, daß jemand damit unbemerkt davonkommt – zu einem Zeitpunkt, da jeder unwillkürlich seinen Nachbarn mustert und sich fragt: ›Warst du es?‹«

»Nicht jeder, Dad«, sagte Jerry. »Es waren nicht alle in der Halle.«

W. T. nickte.

»So ist es«, sagte er. »Cellini ... Aber niemand hat ihn im Haus gesehen, wohlgemerkt. Du meinst, er habe das Grundstück durch die Pforte betreten, nachdem er an dir und dem Polizisten vorbeigegangen war, aber du hast ihn nicht hineingehen sehen, kannst es nicht beweisen. Die Köchin im ›Dene‹ sagt, er sei in das Haus gekommen und mit dem Auto wieder weggefahren, nachdem Clarry Gale rübergekommen war – das war nach Ankunft des Inspektors, gut fünfzehn Minuten nach dem Verbrechen ... Wenn er hier war, wie du vermutest, wo war er dann während der fünfzehn Minuten zwischen dem Schuß und dem Augenblick, als er ins ›Dene‹ zurückkehrte und von der Köchin gesehen wurde?« W. T. schwieg einen Augenblick und fuhr dann fort, langsam und exakt sprechend, als denke er sich jedes Wort selbst zum erstenmal aus.

»Er war nicht hier drinnen«, sagte er. »Es gibt hier keinen Platz, wo er sich verstecken könnte, und Mrs. Christensen betrat das Zimmer durch die Terrassentür fast unmittelbar, nachdem sie den Schuß gehört hatte. Nein, er muß durch die Tür hinausgegangen sein, ohne Zeit zu haben, sich die Hände abzuwischen oder den Inhalt des Päckchens zu überprüfen – oder, was immer es war, das er von der Leiche gestohlen hatte. Kathreen hat ihn nicht gesehen, als sie aus der Küche kam. Ist er also durch die offene Eingangstür hinausgegangen, und dann weiter zur Veranda – oder...?« Er hielt inne und sah Jerry und den Arzt an.

»Ich denke«, fügte er plötzlich hinzu, »ich werde mir die Halle genau ansehen. Ich habe dieses Zimmer durchkämmt und nichts Ungewöhnliches gefunden, aber ich hatte noch keine Gelegenheit, die Halle gründlich zu durchsuchen. Ich habe sie fotografieren lassen, aber das war alles. Ich dachte, es würde sich als ganz normaler Fall erweisen.« Er seufzte, und Cave lächelte.

»Verlieren Sie Ihren Schwung, Will?« fragte er hinterhältig.

W. T. schnitt eine Grimasse. »Keiner von uns wird jünger«, brummte er, »und ich mochte meine Arbeit nie – seine Zeit damit zu verbringen, in den Angelegenheiten anderer Leute herumzuschnüffeln – pfui!«

Der Arzt lachte; für Jerry mit seinen etwas angeschlagenen Nerven sah er in dem gelben Licht wie ein Dämon aus.

»Oh, mir macht meine Arbeit Freude«, sagte Cave, sagte es so, als meine er es auch. »Sie werden mich im Rollstuhl zu den Fällen fahren müssen, wenn ich zu alt bin, zu Fuß hinzugehen; ich werde nie aufgeben.«

W. T. seufzte. »Jeder nach seinem Geschmack«, sagte er. »Jerry, mein Junge, in meinem Mantel im Zimmer nebenan findest du meine Taschenlampe, bring sie mir, ja?«

Als Jerry mit der Taschenlampe zurückkam, stand sein Vater vor der buntgemischten Sammlung von Mänteln und Regenmänteln, die sich in jeder englischen Familie irgendwo in der Nähe der Haustür anzuhäufen scheint. Der Kleiderständer war in der Ecke der Halle zwischen Eßzimmertür und Veranda untergebracht. Es war ein massives Stück mit einem Spiegel oben und Schirmständer unten.

W. T. schob die Mäntel von der einen Seite des Spiegels weg. »Sieh dir das an«, sagte er.

Der Ständer, der durch die übergroße Menge von Kleidungsstücken so aussah, als stehe er direkt an der Wand, befand sich in Wirklichkeit gute zwanzig Zentimeter von ihr entfernt.

»Man könnte leicht dahinter schlüpfen«, sagte W. T. leise, »und an der anderen Seite wieder raus, zum geeigneten Zeitpunkt... Außerdem, hast du das gesehen?«

Er richtete seine Taschenlampe auf den Ärmel des Mantels, der ganz außen hing und bis jetzt von anderen Mänteln an die Wand gedrückt worden war. Jerry hielt den Atem an. Es war ein Fleck auf dem Ärmel, braun und unheilvoll und unverkennbar.

»Es ist ganz frisch«, sagte W. T. »Und hier auch, siehst du?«

Noch einmal durchschnitt der Lichtkegel der Taschenlampe das Dunkel und fiel diesmal auf einen Fleck an der Wand, etwa zweieinhalb Fuß über dem Boden. Die gleiche braune Verfärbung, nur deutlicher hier – zwei verschmierte Ovale nebeneinander, das eine etwas höher als das andere. Fingerabdrücke einer Hand, mit der jemand sich leicht abgestützt hatte, als er flach an die Wand gepreßt dort stand.

Jerry sah seinen Vater an.

»Cellini«, sagte er flüsternd. »Er hat die ganze Zeit dort gewartet.«

W. T. nickte.

»Als er aus dem Eßzimmer kam, muß er Kathreen gehört haben und versteckte sich in dieser Ecke, bis er eine Gelegenheit zur Flucht fand. Er muß dort gestanden haben, bis der Inspektor eintraf und alle ins Wohnzimmer schickte. Da sah er seine Chance und verdrückte sich.«

Der Morgen brachte keine Neuigkeiten von den Häfen, und W. T. war offensichtlich enttäuscht. Die gerichtliche Voruntersuchung war für den folgenden Nachmittag festgesetzt worden, und da sie beide daran teilnehmen mußten, verbrachten Jerry und sein Vater den Tag im Dorf und zogen so viele Erkundigungen wie möglich über den Toten ein.

Auch die merkwürdige Atmosphäre der Geheimhaltung

im Haushalt der Christensens war zu ausgeprägt, als daß man sie hätte übersehen können. W. T. war verwirrt.

»Cellini mag den Mord begangen haben«, sagte er, »aber ich kann's nicht ändern, ich habe das Gefühl, daß vor seiner Verurteilung einige interessante Dinge über alle möglichen Leute ans Tageslicht kommen werden.«

Jerry seufzte. »Hoffentlich nicht«, sagte er unwillkürlich.

Sein Vater lächelte trocken.

»Ich weiß«, sagte er. »Das ist oft die echte Tragödie bei einem Fall wie diesem. Unsere ganze Zivilisation ist ein einziges Machwerk von kleinen Machenschaften, einige harmlos, andere ernst zu nehmen, und alle spielen sich im Dunklen, eben unter der Oberfläche ab. Ein Verbrechen konzentriert die Aufmerksamkeit der Gemeinschaft auf eine Stelle, und die Scheinwerfer des öffentlichen Interesses sind auf diesen besonderen Abschnitt des Netzwerks gerichtet. Das Problem ist, daß das Licht nicht auf einen einzigen Punkt fällt, sondern auch auf die ganzen Knoten und Knäuel in der Umgebung, so daß diese wegen ihrer Nähe zum Mord ganz ungewöhnliche Dimensionen annehmen.«

»Widerlich!« sagte Jerry, dessen Gedanken sich an diesem Vormittag fast ausschließlich mit Norah beschäftigten, und sie gingen schweigend weiter. Nachforschungen im Dorf waren nicht besonders hilfreich. W. T. fand wenig heraus, was er nicht schon wußte. Der Tote war bei den Dorfbewohnern nicht beliebt gewesen, weil er, wie sie sagten, allen aus dem Weg ging. Über Cellini wußte niemand etwas, außer daß er seinem Herrn wie ein Schatten gefolgt zu sein schien; man habe den einen kaum jemals ohne den anderen gesehen.

Der Tag verging ohne eine wichtige Entdeckung, und W. T. wurde allmählich unruhig. Er und Jerry saßen im Privatzimmer des »Blue Boar« und aßen zu Abend, als ein Telefonanruf sie aus ihrer Ruhe aufschreckte. W. T. verließ voller Eifer den Tisch und kehrte fünf Minuten später zurück, zufriedener als den ganzen bisherigen Tag aussehend.

»Endlich«, sagte er und setzte sich wieder, »endlich haben sie das Auto gefunden. Cellini hat es kurz vor sechs Uhr gestern abend in einer Garage in Folkestone abgestellt. Um Viertel nach sechs verließ ein Schiff nach Boulogne den Hafen, und Inspektor Deadwood glaubt, daß Cellini es noch gekriegt hat und über den Kanal gekommen ist, bevor alle Häfen gewarnt wurden.«

Jerry schaute auf. »Das ist ziemlich schlimm, nicht? Jetzt besteht keine große Chance mehr, ihn zu erwischen, oder?«

»O je, aber ja!« W. T. wurde sichtlich heiterer, und der Trübsinn, der ihn den ganzen Tag umhüllt hatte, löste sich jetzt auf wie Nebel vor der Sonne. »Man kann einen Mann in einem Land so gut verfolgen wie in einem anderen«, sagte er. »Die französische Polizei ist natürlich informiert worden und wird uns zweifellos jede in ihrer Macht stehende Hilfe leisten ... Hast du Lust zu einer Reise über den Kanal, Jerry?«

»Wieso, sieht es danach aus?«

»Sehr«, entgegnete sein Vater. »Ich muß einen Auslieferungsantrag stellen.«

Als Vater und Sohn spät am folgenden Nachmittag von der gerichtlichen Voruntersuchung zurück zum »Blue Boar« kamen, erwartete sie eine Nachricht.

Cellini in Paris ausfindig gemacht. Französische Polizei berichtet Festnahme im Augenblick unmöglich. M. le Gris vom Intelligence Department will nur mündliche Erklärung abgeben. – Deadwood.

W. T. und Jerry wechselten Blicke.

»Was hat das zu bedeuten?« fragte Jerry mit gerunzelter Stirn.

W. T. fuhr sich mit den Fingern durch das weiße Haar, bis es hochstand wie der Schopf eines Kakadus.

»Das mag der Herrgott wissen«, sagte er. »Etwas an diesem Fall ist äußerst merkwürdig, Jerry.«

6

M. le Gris' Erklärung

»Wenn Messieurs gestatten ...« Der hochgewachsene blonde junge Franzose mit dem untadeligen Englisch verbeugte sich respektvoll, und anstatt normal zu gehen, schwebte er fast vor W. T. und Jerry, bis zu dem schnittigen schwarzen Wagen, der vor dem Gare du Nord geparkt war.

Er hatte sie von ihrem Zug abgeholt, sie sofort unter den anderen Reisenden herausgefunden und ihnen seine Karte überreicht – M. Maurice Barthés, 18 rue des Soldats.

»Ich bin der Privatsekretär von Monsieur le Gris«, erklärte er. »Er schickt Ihnen diesen Brief und hofft, Sie verzeihen ihm, daß er Sie nicht persönlich abholt.«

W. T. nahm den Brief entgegen, öffnete ihn und überreichte ihn anschließend Jerry.

Mein lieber Mr. Challoner, würden Sie so freundlich sein, meinen Sekretär zu meinem Haus zu begleiten, wo ich Sie erwarte? Verzeihen Sie bitte diese Formlosigkeit, aber es gibt Umstände in der Angelegenheit, in der Sie gekommen sind, die unbedingt ein inoffizielles Treffen zwischen uns erforderlich machen.

René le Gris

Während der Fahrt, die sie durch das Herz der Großstadt zu den ruhigen Plätzen an der anderen Seite der Seine führte, redete M. Barthés ununterbrochen über belanglose Dinge. Nach seinem Verhalten hätte er genausogut zwei englische Geschäftsleute zu einer Party im Haus des Mitarbeiters einer befreundeten Firma begleiten können.

Das überraschte W. T. nicht. Er erkannte, daß der junge

Mann sich vor Fragen fürchtete; zweifellos hatte man ihn davor gewarnt, etwas zu sagen. Das war verständlich, aber trotzdem verwirrend, und W. T. saß schweigend und mit verschränkten Händen da.

Daher blieb es Jerry überlassen, die Hauptlast von M. Barthés' Geplauder zu tragen, und die beiden jungen Männer schwatzten pflichtbewußt gut eine Viertelstunde miteinander, bis der Wagen plötzlich aus einer lauten Durchfahrtsstraße in eine ruhige, altmodische Allee einbog, wo die Bäume, grün und staubig in der Hitze, sich vor hohen braunen Häusern neigten.

Sie hielten vor einem Haus, hinter dessen Fenstern altmodische geraffte Plüschgardinen hingen und man gelegentlich in den Schatten poliertes Mahagoni aufschimmern sah.

Ein gesetzter Diener öffnete ihnen die Tür und führte sie hinauf zu einem Zimmer im ersten Stock. Hier blieb M. Barthés stehen und verbeugte sich.

»Monsieur le Gris erwartet Sie, meine Herren«, sagte er, drehte sich um und verließ sie.

Jerry folgte seinem Vater in ein kühles, dämmeriges Zimmer, in dem es nach Leder und leicht angestaubten Büchern roch. Als sie das Zimmer betraten, erhob sich aus den Schatten hinter dem Schreibtisch eine zierliche Gestalt und ging ihnen mit ausgestreckter Hand entgegen.

Monsieur René le Gris war ein Franzose des gepflegten Typs. Er war kaum 1.70 groß, hatte eisengraues Haar und schwarz-braune Augen und trug einen Van-Dyck-Bart.

Er lächelte freundlich, als er die beiden begrüßte, und zeigte dabei seine makellosen Zähne, und als seine Gäste sich gesetzt hatten, zog er seinen Stuhl näher zu ihnen und setzte sich auch wieder.

Es war jedoch etwas an ihm, das Jerry ein unbestimmtes Unbehagen bereitete. Trotz seiner offensichtlichen Freundlichkeit ging eine Spur von Zurückhaltung von ihm aus.

Auch W. T. fiel das auf, und der leicht verwirrte Ausdruck,

der sich seit ihrer Ankunft in Paris hinter seinen Blicken versteckt hatte, vertiefte sich.

M. le Gris berührte als erster das vorliegende Problem. »Monsieur«, sagte er mit seiner leisen, angenehmen Stimme, »wie ich einem Brief aus London entnehme, sind Sie nach Frankreich gekommen, um einen Italiener namens Latte Cellini ausfindig zu machen.«

W. T. nickte. »Ich bin gekommen, um ihn festzunehmen, Monsieur«, sagte er schlicht. »Er steht in England unter Mordanklage.«

»Das teilte man mir mit«, sagte le Gris und schwieg einen Augenblick, offensichtlich, um über seine nächsten Worte nachzudenken.

»Dies ist eine sehr schwierige Angelegenheit«, sagte er schließlich. »Sie wissen natürlich, Monsieur, daß die französische Polizei immer sehr darauf bedacht ist, ihre Kollegen auf der anderen Seite des Kanals zu unterstützen ...«

W. T. verneigte sich und schwieg. Das war ja schön und gut, aber es gehörte nicht zur Sache.

Der kleine Franzose verschränkte die Hände und lächelte. »All das muß Ihnen sehr ungewöhnlich erscheinen«, sagte er unerwartet – »Sie zu bitten, so inoffiziell hierherzukommen.«

W. T. sah ihn offen an. »Um die Wahrheit zu sagen, ja, das tut es«, sagte er. »Ich verstehe es ganz und gar nicht. Wir hören von Ihnen, daß ein Mann, der wegen Mordanklage gesucht wird, in Ihrer Stadt ausfindig gemacht worden ist. Warum können wir nicht vorgehen wie üblich – wie in den Fällen Chalmers, Ruth Buller, Dorrington und in vielen anderen?«

M. le Gris schwieg eine Weile, und als er endlich sprach, tat er es nur zögernd, als taste er sich sehr vorsichtig voran. »Chalmers bekleidete eine ganz normale Stellung«, sagte er schließlich, »und das gilt auch für Ruth Buller und für Dorrington. Aber bei Latte Cellini liegt die Sache etwas anders.

Das heißt... ich will sagen, Monsieur, es gibt da *Umstände*...« Wieder schwieg er und sah W. T. fragend an.

W. T. jedoch blieb unerschütterlich, den Blick auf das Gesicht des Franzosen geheftet. Nach einer Weile fuhr le Gris fort.

»Monsieur«, sagte er, »Latte Cellini ist für uns kein Unbekannter. Er hat Frankreich vor sieben Jahren verlassen, und seitdem fehlt jede Spur von ihm. Vor diesen sieben Jahren aber war er Gegenstand großen Interesses für uns. Als er Frankreich vor zwei Tagen wieder betrat, wurde er von unseren Leuten sofort erkannt; seine Rückkehr wurde zur Kenntnis genommen. Darum konnten wir Ihre Anfragen so schnell beantworten.«

W. T. nickte. »Ich verstehe«, sagte er. »Aber ich sehe wirklich nicht ein, Monsieur, warum die Tatsache, daß er vor sieben Jahren kein Unbekannter für Ihre Polizei war, mich davon abhalten sollte, ihn jetzt zu verhaften.«

»Oh, mein lieber Monsieur Challoner, Sie mißverstehen mich.« M. le Gris protestierte lautstark. »Wir haben nicht das Geringste dagegen einzuwenden, daß Sie Cellini verhaften, selbst hängen, wenn Sie es für angebracht halten. Im Gegenteil, wenn Sie genügend Beweismaterial haben, um ihn vor den Richter zu bringen, wäre uns das außerordentlich recht. Das ist auch der Grund – um ehrlich zu sein –, warum wir Ihre Anfrage so schnell beantwortet haben.«

W. T. bewegte sich unbehaglich auf seinem Stuhl. »Monsieur le Gris«, sagte er, »ich bin ein Engländer, und wir haben unsere Fakten gern so wie unser Essen – ohne Raffinessen. Wenn Sie mir die Ehre erweisen, mir Ihr Vertrauen zu schenken, werden Sie feststellen, daß ich Ihr Vertrauen zu würdigen weiß.«

M. le Gris errötete ein wenig. »Die Sache ist nicht leicht«, murmelte er. »Die Tatsachen, Monsieur, sind folgende: Wir wissen, wo Cellini sich im Augenblick aufhält, aber er befindet sich an einem Ort, wo Sie ihn nicht verhaften können; wir können es nicht gestatten. Ich kann nur vorschlagen, daß Sie in Paris bleiben, bis wir in der Lage sind, Ihnen befriedigendere Informationen zu erteilen.«

W. T.s Augen verengten sich für einen Moment, doch dann lächelte er, freundlich wie immer. »Monsieur«, sagte er sanft, »wir sind beide Diener der bestehenden Ordnung. Lassen Sie uns zusammenarbeiten. Hier scheint ein Mann zu sein, der die öffentliche Sicherheit gefährdet. Wenn wir ihn durch unsere Zusammenarbeit vor den Richter bringen können, sollten wir es doch sicher tun. Um es klar zu sagen, Monsieur, teilen wir einander alles, was wir wissen, mit.«

René le Gris runzelte die Stirn. »Sie sind sich klar über die außerordentlich vertrauliche Natur der Informationen, die Sie fordern, Monsieur?« fragte er endlich.

»Lieber Herr« – W. T.s Ton war eindringlich –, »jede Polizei auf der Welt hat ihre Geheimnisse. Es gibt Zeiten, da ein strenges Festhalten an den Buchstaben des Gesetzes in des Gesetzes eigenem Interesse nicht ratsam ist.«

Ein leichtes Lächeln glitt über das Gesicht des Franzosen. »Sie verstehen, was ich meine, Monsieur«, sagte er und warf dann einen anzüglichen Blick auf Jerry.

»Mein Sohn ist mein wertvollster Mitarbeiter«, sagte W. T. rasch. »Betrachten Sie ihn bitte als ebenso vertrauenswürdig wie mich selbst – ich verbürge mich für ihn.«

Le Gris zuckte mit den Schultern. »Wie Sie meinen, Monsieur«, sagte er, dann beugte er sich vor und begann zu sprechen, die Ellbogen auf die Armlehnen seines Stuhls gestützt, die weißen Hände vor der Brust gekreuzt.

»Wie Sie schon sagten, Monsieur, jede Polizei auf der Welt hat ihre Geheimnisse – Informationen, die zu verwerten nicht klug wäre.« Seine intelligenten Augen ruhten fragend auf W. T.s gleichmütigem Gesicht.

W. T. nickte zustimmend, und le Gris fuhr fort: »Wir sind keine Ausnahme von der allgemeinen Regel. In dieser Stadt befindet sich seit vielen Jahren das Hauptquartier einer Vereinigung von Dieben. Die Polizei weiß natürlich davon, aber die Hände waren ihr immer gebunden.« Wieder machte er eine Pause und sah W. T. scharf an, und wieder nickte dieser ernsthaft.

»Das Problem ist von ganz besonderer Art«, sagte le Gris. »Diese ›Vereinigung‹ besteht aus mehreren amerikanischen Millionären, einem englischen Adligen, einem Österreicher, dessen Name weltberühmt ist, drei Franzosen und einer Frau, deren Namen so erlaucht sind, daß es selbst unter Freunden nicht ratsam wäre, sie zu erwähnen. Außerdem ist nicht einmal uns die ganze Mitgliederliste bekannt.«

W. T. nickte unerschütterlich. »Ich verstehe vollkommen, Monsieur«, sagte er. »Bitte fahren Sie fort.«

»Diese Vereinigung hat eine ganz besondere Eigenart«, sagte le Gris langsam. »Sie stiehlt nie etwas, das gekauft werden kann.«

Jerry sah erstaunt auf; er begriff nicht gleich, was le Gris meinte.

»Nichts, das mit Geld gekauft werden kann«, wiederholte le Gris. »Die Mitglieder sind alle Sammler von seltenen Juwelen und von Bildern. Wenn das von einem von ihnen begehrte Objekt auf dem Markt ist, ist er verpflichtet, es zu kaufen und zu zahlen, was dafür verlangt wird, ohne Fragen zu stellen. Wenn andererseits das begehrte Objekt mit legalen Mitteln nicht zu erwerben und er immer noch bestrebt ist, es zu besitzen, ruft er diese Vereinigung zur Hilfe, und es wird für ihn besorgt.«

»Gestohlen?«

Le Gris zuckte mit den Schultern.

»Besorgt«, murmelte er leise. »Was es auch sein mag – der Kaiserpalast in China oder eine Dachkammer in Ihrer Mile End Road – es wird gefunden und weggeschafft. Nichts kann es davor bewahren.«

»Die Vereinigung hat gute Diener«, stellte W. T. fest.

Le Gris nickte. »Experten aus der ganzen Welt«, sagte er

mit etwas wie Bedauern in der Stimme. »Jeder Kriminelle, der zu den Besten seiner oder ihrer besonderen Branche gehört, wird von ihnen ausfindig gemacht und beschäftigt. Geldschrankknacker, Hochstapler, Taschendiebe – daneben eine kleine Armee von Juwelieren und Kunstexperten.«

W. T. schaute auf. »Allmählich verstehe ich«, sagte er. »Latte Cellini war einmal bei dieser Vereinigung beschäftigt?«

Le Gris verneigte sich. »Sie haben recht, Monsieur«, sagte er. »Latte Cellini ist ein Juwelier – wahrscheinlich weltweit der größte Experte im Fassen von wertvollen Steinen. Er war der Vereinigung in der Vergangenheit von großem Nutzen ...« Er hielt inne und lächelte flüchtig, als erinnere er sich an etwas. »Es gibt heute«, sagte er, »unter den Kronjuwelen eines großen Königshauses einen einzigen falschen Stein. Das Original liegt in einer berühmten Sammlung in Amerika neben seinem einzigen Ebenbild – einem Stein von gleicher Farbe, gleicher Qualität und gleichem Gewicht. Keiner im königlichen Haushalt hat eine Ahnung von dem Austausch, da nur ein Experte mit einer Lupe den Unterschied zwischen dem falschen und dem echten Stein feststellen könnte. Aber vor zwölf Jahren wurden alle Juwelen gereinigt, und während einer Nacht saß ein alter Juwelier aus Prag noch spät über der Arbeit – oder man glaubte es jedenfalls. Am folgenden Morgen war der Austausch ausgeführt. Das war das Werk Latte Cellinis. Aber wir konnten es ihm nie nachweisen.«

»Ein würdiger Nachfolger seines großen Namensvetters«, stellte W. T. fest, der Gefallen an der Geschichte gefunden zu haben schien.

Jerry runzelte die Stirn. »Dann hat er sich also als der Juwelier aus Prag ausgegeben?« fragte er.

Le Gris nickte. »Gustav Bruder aus Prag hat die Aufforderung vom königlichen Schatzamt nie erhalten«, sagte er. »Er weiß bis heute nicht, daß sie abgesendet wurde.«

Einen Augenblick herrschte Schweigen. Dann ergriff W. T. das Wort. »Ich verstehe, wie mächtig diese Vereinigung ist, Monsieur«, sagte er, »aber sicher kann selbst sie nicht einen Mann beschützen, der wegen Mordes gesucht wird.«

»Aber nein, gewiß nicht, Monsieur.« Le Gris sprach sehr entschieden. »Außerdem verteidigt die Vereinigung ihre Diener nicht. Das ist Teil der Übereinkunft, unter der sie beschäftigt werden. Sie beziehen enorme Gehälter unter der Bedingung, daß sie die volle Verantwortung für ihre Aktionen tragen. Und zudem hat die Vereinigung ihre eigenen Methoden, sich mit unzulänglichen Dienern zu befassen.«

W. T. blickte scharf auf, und zum erstenmal huschte Erstaunen über sein Gesicht. »Wie meinen Sie das?« fragte er.

Le Gris zuckte vielsagend mit den Schultern. »Sie verschwinden, Monsieur«, sagte er schlicht. »Sieben Jahre lang dachten wir, daß ein solches Schicksal auch Latte Cellini widerfahren war, aber vor zwei Tagen tauchte er wieder auf, in Paris, mit der englischen Polizei auf den Fersen. Können Sie uns das erklären?«

»Kaum«, gab W. T. zu. »Über Cellini können wir nur mit Sicherheit sagen, daß er die letzten sieben Jahre bei einem Engländer in einem Dorf in Kent gelebt hat, in der Eigenschaft eines Privatsekretärs oder einer Vertrauensperson.«

»Unmöglich!«

W. T. lächelte verdrießlich. »Es klingt nicht sehr wahrscheinlich, das gebe ich zu«, sagte er, »besonders nach Ihren außerordentlich nützlichen Informationen hinsichtlich seiner Vergangenheit, aber das sind, soweit uns bekannt ist, die Tatsachen. Der Engländer – Crowther – wurde vor zwei Tagen ermordet, und das Beweismaterial – wenn auch die Untersuchungen noch nicht völlig abgeschlossen sind – belastet den Italiener sehr stark. Sie wissen, wo er sich aufhält?«

Le Gris nickte. »Ja, Monsieur, das tue ich«, sagte er. »Das ist das Problem. Ich weiß, wo er ist, aber ich kann Sie nicht zu ihm führen.«

W. T. runzelte die Stirn. »Ich fürchte, ich verstehe nicht richtig«, sagte er ein wenig steif.

Le Gris lehnte sich auf seinem Stuhl zurück, und sein blasses, feingeschnittenes Gesicht sah in der Dämmerung wie eine Elfenbeinschnitzerei aus.

»Als Cellini nach Frankreich zurückkehrte, Monsieur, hatte er, da bin ich sicher, keine Ahnung, daß er verfolgt wurde«, sagte er langsam, »denn als erstes ging er direkt zum Haus des Oberhaupts der Vereinigung – ein Mann, dessen Namen preiszugeben Sie bitte nicht von mir verlangen wollen. Aber glauben Sie mir, eine Verhaftung in diesem Haus ist ein Ding der Unmöglichkeit. Aus politischen wie auch aus gesellschaftlichen Gründen, Monsieur, wäre es äußerst unklug. Wir haben unsere Pläne gemacht. Da jetzt etwas zu stören, würde den Lauf der Gerechtigkeit in Zukunft erschweren. Solange Cellini tatsächlich unter dem Schutz dieser Vereinigung – unter ihrem Dach – bleibt, können wir nichts tun.«

W. T. zögerte.

»Aber sicher würde, Monsieur, wenn ich es wagen darf, einen Vorschlag zu machen, ein Wort zu diesem ... hm ... distinguierten Mitglied der Vereinigung zur Ausweisung Cellinis aus dem Haushalt führen, und wir könnten dann auf übliche Weise vorgehen.«

Le Gris seufzte.

»Das könnte man machen«, sagte er, »aber wir ziehen vor, es nicht zu tun. Die Polizei gibt gerne vor, auch im Privatbereich, von der Existenz der Vereinigung keine Ahnung zu haben. Wenn ein Mann sich in diesem bestimmten Haus, von dem ich spreche, aufhält, befindet er sich, sozusagen, überhaupt nicht auf dieser Welt; ich hoffe, Sie verstehen die Situation, Monsieur.«

»Das tue ich«, sagte W. T. »Ich tue es in der Tat, und ich danke Ihnen, Monsieur le Gris, für Ihre sehr nützliche Unterstützung. Aber was soll ich jetzt machen?«

»Darauf wollte ich gerade hinaus, Monsieur.« Le Gris

setzte sich weiter vor auf seinem Stuhl. »In der Rue d'Aramis gibt es einen kleinen Juwelierladen, den ein alter Verwandter Cellinis führt. Cellini wird sicher dorthin zurückgehen. Wir werden das Haus beobachten lassen, und sobald er es betritt, werden wir Sie informieren.«

W. T. verneigte sich, aber der Ausdruck seiner Augen war keineswegs zufrieden.

»Inzwischen warte ich in Paris«, sagte er schließlich.

Le Gris lächelte.

»Ja, Monsieur«, sagte er. »Etwas anderes kann ich nicht vorschlagen. Aber Sie werden nicht lange warten müssen, und Sie können sich darauf verlassen, daß wir bei der ersten sich bietenden Gelegenheit alles in unserer Macht Stehende tun werden, um Sie zu unterstützen.«

Die beiden Männer schüttelten sich die Hände.

»Monsieur, ich stehe schon so tief in Ihrer Schuld«, sagte W. T. feierlich, »daß ich gar nicht ausdrücken kann, wie sehr ich Ihre Liebenswürdigkeit zu schätzen weiß. Sie können mir glauben, daß wir Ihr Vertrauen nicht mißbrauchen werden.«

Le Gris verneigte sich. »Sobald uns die erforderliche Information erreicht, Monsieur, werden wir Sie unterrichten.«

»Wie erstaunlich!« sagte W. T., als er und Jerry durch die Allee gingen.

»Was?« fragte Jerry.

W. T. seufzte.

»Die Vereinigung«, sagte er. »Sie ist natürlich der Polizei in ganz Europa bekannt, wenn auch die Berufsetikette verbietet, das zuzugeben. Man kann nichts dagegen unternehmen. Die Polizei auf der ganzen Welt ist machtlos dagegen. Beweise bekommen wir nur gegen die Diener der Vereinigung – nicht gegen die Mitglieder selbst. Auch der französische Geheimdienst kann nichts unternehmen. Wir werden auf unseren Mann warten müssen, mein Junge.«

7

Rue d'Aramis 28

Auch nach zehn Tagen in Paris hatte Jerry Norah Bayliss nicht vergessen. Im Gegenteil – jeden neuen Tag, den er nicht in ihrer Nähe verbrachte, dachte er häufiger an sie, fragte sich, wie es ihr ging, ob sie bei ihrer Schwester geblieben war und ob er sie jemals wiedersehen würde.

Letztere Frage nahm ihn ganz in Anspruch, als er die Eingangshalle des Hotels betrat und zur Lounge weiterging. W. T. saß am anderen Ende des Raums und sah sehr englisch aus. Die Überreste seines Nachmittagstees bedeckten den Tisch vor ihm.

Er schaute auf, als Jerry in die Lounge kam, und begann zu murren, bevor sein Sohn bei ihm war. »Ich dachte, du würdest überhaupt nicht mehr kommen«, sagte er verdrießlich. »Eine Zigarette?«

Jerry nahm Tadel und Friedensangebot an. »Gibt's was Neues?«

»Ja, endlich. Wirklich, Jerry, ich war schon nahe dran, mir von zu Hause warme Unterwäsche schicken zu lassen und mich für den Rest des Jahres hier einzugraben. Aber Barthés war vor einer halben Stunde hier – Cellini hat seinen Unterschlupf verlassen, und sie rechnen damit, daß er bei dem Juwelier in der Rue d'Aramis übernachten wird. Um zehn Uhr werden du, ich und ein *agent de police* dort sein und ihn festnehmen. Ich dachte, du solltest dabei sein. Du bist mit den Fäusten zweifelsohne besser als mit dem Kopf.«

Jerry lachte. »Wieso«, sagte er, »erwartest du eine Schlägerei?«

W. T. zuckte mit den Schultern.

»Schon möglich«, sagte er. »Niemand läßt sich gerne hängen, weißt du – meistens kämpfen sie um ihr Leben. Le Gris scheint jedenfalls mit Ärger zu rechnen. Es mag natürlich sein, daß er es nur aus Höflichkeit sagt, aber soweit ich erfahren habe, wird die Polizei von halb Paris heute abend um diesen Laden herum aufmarschieren – Polizisten in jedem Eingang, Polizisten auf jedem Fenstersims, Polizisten unter jeder Kaminkappe.«

Jerry lachte wieder. »Jedenfalls ist es ein Segen«, sagte er, »daß endlich etwas in Bewegung gerät. Was ich gern wüßte: Warum hat Cellini Crowther in Christensens Haus getötet?«

W. T. brummte. »Was ich gern wüßte: Was wußte Crowther über ihn, daß Cellini sieben Jahre wartete, um ihn deswegen zu töten?«

Um zwanzig vor zehn kehrte der freundliche M. Barthés in Begleitung eines *agent de police* namens Marbeuf zurück. Keiner trug Uniform, und nach einer kurzen Unterhaltung stiegen die vier in das Auto, und der Chauffeur fuhr mit hoher Geschwindigkeit davon. Nach einer der aufregendsten Autofahrten, die Jerry jemals erlebt hatte, kamen sie an die Ecke einer schlecht beleuchteten, übel riechenden Straße in einem der ärmeren Viertel der Stadt.

»Ich denke, Monsieur, es wäre besser, hier auszusteigen«, sagte M. Barthés mit leiser Stimme. »Der Laden ist etwa acht Türen weiter an der linken Seite – Nummer 28.«

»In Ordnung«, sagte W. T., dessen Stimmung während der letzten fünfzehn Minuten ständig gestiegen war. »Kommst du, Jerry?«

Zusammen gingen Vater und Sohn und die beiden Franzosen den Bürgersteig entlang bis zu einem Haus, wo ein einziger gelber Lichtstrahl durch einen Spalt in der Holzjalousie eines Ladenfensters fiel.

»Hier«, murmelte M. Barthés. »Unsere Männer sind auf allen Seiten postiert. Sie brauchen sie nur zu rufen, Monsieur.«

»Gut«, sagte W. T., ging mit langen Schritten zur Tür und klopfte.

Einen Augenblick warteten sie, und Jerry stellte fest, daß er Mitleid mit dem Mann hatte, der sich irgendwo in dem Laden befand – gefangen wie ein von Hunden eingekreister Hase.

Dann waren im Haus Schritte zu hören, und man hörte, wie ein Riegel zurückgeschoben wurde. Im nächsten Moment wurde die Tür vorsichtig geöffnet, und ein Lichtstrahl fiel auf die vier Männer auf dem Bürgersteig. Auf der Schwelle stand eine Frau, hochgewachsen und bleich, mit schwarzem, glanzlosem trockenem Haar, das im Nacken lose zu einem Knoten aufgesteckt war. Ihr langes Kleid war aus einem leichten, mit einem bunten Muster bedruckten Baumwollmaterial. Sie musterte die vier Männer unschlüssig, und als sie sprach, tat sie es mit einem südfranzösischen Akzent.

W. T. nahm den Hut ab und verbeugte sich so zeremoniell, als sei sie eine Marquise aus früheren Zeiten und er ein Abgesandter vom englischen Hof.

»Madame«, begann er in seinem besten Französisch, das so englisch wie seine Kleidung war, »wir sind gekommen, um Signor Latte Cellini zu sprechen ...«

Die Frau sah ihn scharf an, und eine Spur von Angst erschien plötzlich in ihren dunklen Augen. »Sie englisch?« sagte sie. »Welcher Name, Monsieur?«

W. T. reichte ihr seine Karte.

»Warten«, sagte die Frau, ließ die vier Männer auf der Türschwelle stehen und begab sich hastig in den hinteren Teil des Hauses.

Die Männer betraten den Laden, und Jerry sah sich neugierig um. Es war ein Juwelierladen, mit einem Verkaufstisch aus Glas, in dem billige Ringe und Uhren ausgestellt wurden, neben einer Anzahl von Broschen mit Initialen – Scheußlichkeiten aus vergoldetem Silber. Nichts Ungewöhnliches hier, dachte Jerry.

Seine Überlegungen wurden durch die Rückkehr der Frau unterbrochen. Zu seiner Überraschung war jede Andeutung von Unruhe aus ihrem ausdrucksvollen Gesicht verschwunden. Sie lächelte W. T. freundlich an. »Sie ge'en 'inauf?« fragte sie in ihrem unvollkommenen Englisch, das sie immer noch für besser zu halten schien als W. T.s Französisch. »Er warten auf Sie.«

Die beiden Franzosen wechselten einen Blick, und Jerry sah, wie sein Vater die Hand an die hintere Hosentasche schob.

W. T. sprach als erster. »Nach Ihnen, Madame.«

»Sehr gut.« Die Frau lächelte immer noch und begab sich sofort in den Gang, der aus dem Laden führte.

Sie folgten ihr vorsichtig. Es war ein altes Haus voller Ekken und Winkel. W. T. hatte die Führung übernommen. Jerry folgte dicht hinter ihm, und die anderen waren Jerry auf den Fersen.

Zu ihrem Erstaunen und Jerrys Ärger geschah nichts Ungewöhnliches. Die Frau führte sie eine schmale Treppe hinauf zu einem Schlafzimmer im hinteren Teil des Hauses, das als Wohnzimmer eingerichtet war. Die Beleuchtung war kläglich, und die Möbel zeugten zwar von gutem Geschmack, waren aber ausgesprochen schäbig.

Latte Cellini stand neben dem viereckigen Tisch in der Mitte des Zimmers, und sein Gesicht drückte eher Neugier als sonst eine Empfindung aus.

Jerry erkannte ihn sofort. Es war der Mann, der an ihnen vorbei die Straße hinuntergegangen war, als Jerry neben seinem Auto mit dem Wachtmeister gesprochen hatte. Die hochgewachsene, hagere Gestalt und das knochige graue Kinn waren unverwechselbar.

W. T. schaute hinter sich; die Frau hatte das Zimmer verlassen, und die Tür war geschlossen.

W. T. trat vor und räusperte sich. »Sie sind Latte Cellini?«

»Ja – so heiße ich.«

»Am 14. dieses Monats verließen Sie das ›Dene‹ in Brandesdon, Kent, England, plötzlich und kamen nach Frankreich?«

»Ja.« Der Italiener sprach unbefangen, fast sorglos. »Wenn es sich um das Auto handelt – ich denke, das kann ich erklären«, sagte er. »Ich ...«

W. T. starrte ihn an. »Das Auto?« rief er aus. »Es ist etwas viel Schwerwiegenderes. Sie werden gesucht, weil Sie des Mordes an Eric Crowther beschuldigt werden.«

»Mord? Ich?«

Die Wirkung auf Cellini zeigte sich auf der Stelle. Seine Gelassenheit war verschwunden, und er starrte W. T. bestürzt an. »Ich?« wiederholte er. »Ich, Monsieur? Das ist unmöglich! Da muß ein Fehler vorliegen, ein schrecklicher Fehler! Mord! Mein Gott, lassen Sie mich erklären, Monsieur, lassen Sie mich um Gottes willen erklären.«

Cellinis Bestürzung verunsicherte den Kommissar.

»Mord!« wiederholte der Italiener und fügte mit einem Aufblitzen der glanzlosen Augen hinzu: »Nein, Monsieur. Wäre ich fähig gewesen, den Mann zu ermorden, so hätte ich nicht sieben Jahre damit gewartet.«

Diese Bemerkung, die so natürlich kam, ließ W. T. wider Willen schwankend werden. Er wandte sich an M. Barthés.

»Monsieur«, sagte er mit gedämpfter Stimme, »das Beweismaterial gegen diesen Mann ist sehr schwer, aber noch nicht endgültig überzeugend. Denken Sie, daß wir in diesem Fall vom üblichen offiziellen Vorgehen abweichen können? Völlig inoffiziell natürlich; es werden keine Aufzeichnungen gemacht werden.«

M. Barthés neigte den glatten blonden Kopf. »Was immer Sie für ratsam halten, Monsieur«, murmelte er und fügte leise hinzu: »Damit es völlig inoffiziell ist, werden Monsieur Marbeuf und ich Sie unten im Laden erwarten; sollten Sie uns brauchen, genügt es, wenn Sie rufen.«

W. T. lächelte. »Das ist sehr freundlich, Sir«, sagte er. »Wenn es Ihnen nichts ausmacht – genau das hätte ich gern.«

M. Barthés verneigte sich, lächelte leicht und schwebte mit

dem robusten und etwas enttäuschten Marbeuf hinter sich aus dem Zimmer und die Treppe hinunter.

Cellini, der dem Gang der Unterhaltung nicht hatte folgen können, sah ihnen mit wilden Blicken nach.

»Gehen sie jetzt?« fragte er hysterisch. »Gehen sie, bevor sie mich angehört haben? Wird man mich ins Gefängnis schleppen, ohne mich anzuhören? Was soll aus mir werden? Warum darf ich nicht erklären?« Bei dem letzten Wort hob er die Stimme fast zu einem Schrei, und Jerry fiel auf, wie seine langen, spitz zulaufenden Finger nervös die Tischdecke packten – zarte, sensible Finger.

W. T. setzte sich. Er gab sich besonders väterlich und sah unschuldig und gütig aus.

»Jetzt beruhigen Sie sich doch«, sagte er besänftigend. »Die beiden Herren warten unten auf mich. Wenn Sie Ihre Geschichte bei sich behalten wollen, bis Sie vor Gericht stehen, ist mir das recht, doch wenn Sie mir jetzt etwas sagen wollen – ich stehe Ihnen zur Verfügung.«

Der entsetzte Italiener wurde unter dem Einfluß der nüchternen Stimme sichtlich ruhiger, und plötzlich ließ er sich auf einen Stuhl in der Nähe des Tisches fallen. Eine Weile saß er schweigend da, die langen, elfenbeinweißen Hände vor sich verschränkt, die Augen glanzlos und unergründlich.

Endlich bewegten sich seine Lippen.

»Ich ihn töten? *Ich?*« murmelte er und lächelte dünn. »Seit sieben Jahren, sieben Jahren will ich ihn töten. Ich plane es, ich denke und träume davon, ihn zu töten, aber immer habe ich Angst. Er weiß das, darum fürchtet er mich nicht.«

Jerry schaute seinen Vater an, mit vor Erstaunen weit geöffneten Augen. Sein Vater bedeutete ihm zu schweigen und sah zu Cellini hinüber. »Weiter«, sagte er leise.

Der Mann zögerte. »Ich ... ich habe ihn nicht getötet«, rief er aus. »Wer es auch war, ich war es nicht – ich hätte es nie gewagt. Ich habe sieben Jahre wie ein Gefangener mit ihm verbracht.«

W. T. runzelte die Stirn; das Geheimnis wurde nicht durchsichtiger. Er beugte sich über den Tisch und sah Cellini fest in die Augen. »Cellini«, sagte er, »warum sind Sie davongelaufen – so plötzlich?«

Cellini sah ihn ausdruckslos an. »Weil er tot war«, sagte er. »Weil ich endlich frei war.«

»Woher wußten Sie, daß Crowther tot war?«

Cellinis Antwort war entwaffnend.

»Weil ich ihn gesehen habe«, sagte er schlicht. »Ich folgte ihm ins Haus der Christensens, wie er mir aufgetragen hatte. Als ich das Haus durch die Vordertür betrat, hörte ich den Knall. Ich lief in das Zimmer...« Er hielt inne und senkte die Augen.

»Ja?« sagte W. T.

»Dann sah ich, daß er tot war«, sagte Cellini, »und ich wußte, daß ich frei war. In mir sang etwas – mein einziger Wunsch war davonzulaufen. Ich lief auf dem gleichen Weg aus dem Zimmer, wie ich hineingegangen war. In der Halle hörte ich jemanden kommen. Ich wollte nicht gesehen werden, weil ich befürchtete, daß man mich aufhalten würde. Es war keine Zeit mehr, durch die Tür zu laufen, darum versteckte ich mich hinter dem Mantelständer. Dort blieb ich eine Weile, weil inzwischen die Polizei kam. Sobald alle die Halle verlassen hatten, lief ich hinaus in den Garten und kehrte in mein Zimmer zurück und packte eine Tasche. Dann nahm ich den Wagen und fuhr davon.« Er verstummte und erwiderte den Blick des Kommissars.

W. T. zögerte, dann sprach er. »Es war Blut an der Wand hinter dem Mantelständer, Cellini«, sagte er langsam.

Cellini wurde sichtlich blasser, bis seine runden Augen in dem bleichen Gesicht zu glühen schienen.

»Was haben Sie dem Toten abgenommen?« fragte W. T. »Was haben Sie gesucht, als Sie ihn auf den Rücken drehten und sein Hemd aufrissen?«

»Das wissen Sie?« Die Worte kamen wie ein erstickter Schrei, und Cellini sprang auf von seinem Stuhl, sein Gesichtsausdruck ein Meisterwerk aus Furcht und Verblüffung.

W. T. nickte müde. »Natürlich weiß ich das«, sagte er. »Setzen Sie sich.«

Cellini gehorchte ihm; er zitterte.

»Was war es?«

Cellini kreuzte die Arme auf dem Tisch und verbarg das Gesicht auf ihnen. »Ich kann nicht«, sagte er jämmerlich. »Ich kann nicht ... ich ... wage es nicht.«

Seine Qual war fraglos aufrichtig. Er war buchstäblich vor ihren Augen zusammengebrochen.

Eine Minute ließ W. T. ihn dort mit bedecktem Gesicht verharren. Dann sagte er bedächtig: »Cellini, haben Sie je von der *Vereinigung der Unanfechtbaren* gehört?« Er sprach sehr leise, aber die Wirkung auf den Italiener war elektrisierend. Er setzte sich steil auf, sein langer, hagerer Körper erstarrte, und seine Nasenlöcher erweiterten sich wie die eines erschreckten Tieres.

»Wer sind Sie?« fragte er, nicht mehr Herr seiner keuchenden Stimme.

W. T. lächelte ihn unter den dicken weißen Brauen hervor aus schmalen Augen an.

»Ich denke, es gibt keinen Grund, das jetzt zu erörtern«, sagte er sanft. »Lassen wir es genug sein, daß ich es weiß.«

Eine Weile war es still in dem Zimmer, und Cellini starrte immer noch W. T. an.

Schließlich lehnte W. T. sich auf seinem Stuhl zurück.

»Nachdem wir einander jetzt verstehen, wollen wir die Angelegenheit noch einmal durchgehen«, sagte er ungezwungen. »Verstehen Sie, mein einziger Wunsch ist, den Mörder von Eric Crowther zu finden. Ich habe einen Haftbefehl gegen Sie in der Tasche, aber wenn Sie mir die Wahrheit sagen, werde ich zuhören. Ich gebe Ihnen einen Rat ... Wenn Sie unschuldig sind, fürchten Sie sich nicht, die ganze Wahrheit zu sagen. Es ist nicht sehr wahrscheinlich, daß ich Sie anderer Vergehen als des erwähnten beschuldigen werde.«

Cellini hob die schweren Lider und sagte müde: »Ich werde es Ihnen erzählen.«

8

Der Peiniger

Nachdem er sich einmal entschlossen hatte zu sprechen, änderte Cellinis Haltung sich ebenso vollständig, wie sie es vorher getan hatte. Seine Müdigkeit war verschwunden; er wurde redselig und aufgeregt. Während er sprach, gestikulierte er und unterstrich mit seinen sensiblen Händen seine Argumente, machte sie deutlich.

»Monsieur«, sagte er, »vor sieben Jahren mußte ich im Dienst der Vereinigung, bei der ich angestellt war, einige Monate in einer Mietskaserne im schlimmsten Viertel dieser Stadt verbringen...« Er machte eine Pause und sah W. T. scharf an. »Ich mußte meine eigene Persönlichkeit auslöschen und für eine gewisse Zeit zu einem Bettler in den Straßen von Paris werden – einem richtigen Bettler. Ich lebte von dem, was ich einnahm. Ich sprach mit niemandem aus meinem eigenen Leben, nicht einmal mit meiner Frau... nicht einmal sie hätte mich erkannt.«

»Ihre Frau? Ist das die Dame, die uns hereingelassen hat?« fragte Jerry spontan.

Cellini nickte.

»Gestern habe ich sie zum erstenmal seit sieben Jahren gesehen«, sagte er schlicht. »Aber Monsieur soll alles hören... Wie sehr man auch den Körper verkleiden kann und den Geist in neue Formen und auf neue Wege zwingen – man hat keine Kontrolle über die Widerstandskraft gegenüber Krankheiten. Die Bettler von Paris leben ein hartes Leben. Von Kindheit an sind sie abgehärtet gegen Kälte – aber ich war es nicht; ich wurde krank.« Er schwieg einen Augenblick und sah W. T. eindringlich an.

Der Kommissar nickte verständnisvoll, und Cellini fuhr

fort. »Ich zog mir eine Erkältung zu, die mich anfällig für ein Fieber machte, das ein anderer Bettler aus dem Osten mitgebracht hatte. Es erwischte mich schlimm. Ich wagte aber nicht, nach Hause zurückzukehren, weil ich wußte, daß ich beobachtet wurde, und ich wagte nicht, Mißtrauen in der Vereinigung zu erwecken ... wie Sie verstehen werden, Monsieur?«

»Ja«, sagte W. T., »das tue ich.«

Cellini sah ihn dankbar an. »Ich kroch also zurück zu meiner Dachkammer im Mietshaus«, fuhr er fort, »und legte mich auf mein Bett. Dann begannen die Qualen langer Abschnitte, wo ich mich im Delirium befand, aus dem ich keuchend vor Angst erwachte, eiskalt und überzeugt, daß ich im Sterben lag. Dieses Elend hielt einige Zeit an – wie lange, werde ich nie erfahren; es mögen Tage gewesen sein oder nur Stunden. Aber als ich aus einem der schlimmsten Anfälle erwachte, starr vor Furcht vor dem Tod und vor dem Fegefeuer, sah ich einen Mann, der sich über mich beugte. Ein großer Mann, breitschultrig und mit groben Gesichtszügen, kleinen, glänzenden Augen, die rund und grausam und ein bißchen verrückt waren ...«

Er hielt inne, und W. T. fragte: »Das war Eric Crowther?«

Cellini nickte, und in sein Gesicht trat der gleiche aus Furcht und Abscheu gemischte Ausdruck, den Jerry in den Gesichtern von Christensen und Gale und der alten Estah wahrgenommen hatte, als sie über den Toten sprachen.

»Er war es«, sagte Cellini. »Der Teufel als Mensch verkleidet. Aber ich erzähle Ihnen alles; Sie sollen urteilen. Als ich ihn sah, schrie ich ihm zu, daß ich im Sterben liege, und er nickte. Ich war entsetzt – ich bin Katholik, Monsieur, ein guter Katholik, und in der Stunde meines Todes fürchtete ich zu sterben, ohne daß mir die Absolution erteilt worden wäre. Darum flehte ich ihn an, einen Priester zu holen, und in meinem Wahn sagte ich, daß ich viel zu beichten hätte. Ich sehe noch jetzt sein Gesicht vor mir. Ich war sehr krank, Monsieur, wahnsinnig vor Fieber und der schrecklichen Furcht zu sterben, ohne meine Sünden gebeichtet zu haben.«

Der Italiener sprach voller Leidenschaft, seine glanzlosen Augen glühten, und die beiden Männer, die ihm zuhörten, gewannen plötzlich einen Einblick in sein abergläubisches Gemüt. Sie erhaschten einen Einblick in seinen Glauben – in seine Überzeugung, daß die Absolution ihn vor dem Höllenfeuer und der nie endenden Qual der Verdammten schützen würde.

»Er lachte mich aus«, fuhr Cellini fort, und seine Stimme wurde monoton. »Ich sah, wie er auf mich heruntergrinste. ›Dafür ist keine Zeit mehr‹, sagte er. ›Sie werden sterben, bevor er kommt.‹ Das genügte, um meinen letzten klaren Gedanken zu vertreiben. Ich begann zu rasen, wurde hysterisch, und plötzlich, als wolle er mich beruhigen, bot er mir an, meine Beichte zu hören. ›Ich werde verschwiegen sein‹, sagte er, ›und ich werde für Sie beten.‹« Cellini machte eine Pause, um Atem zu holen, sprach aber gleich darauf weiter, und seine Worte kamen schneller. »Ich war wahnsinnig«, sagte er, »das Fieber hatte meinen Verstand erhitzt, bis ich nicht mehr klar denken konnte; mein ganzes Sein war erstarrt vor Todesangst. Ich beichtete«, fügte er langsam hinzu, während W. T. ihn mit einem Schimmer von Verständnis im Gesicht beobachtete. »Ich beichtete alles.«

W. T. bewegte sich; seine Stimme klang nach dem Gefühlsausbruch des Italieners trocken und leise.

»Über die Vereinigung?«

Cellini nickte.

»Ich dachte, es wären meine letzten Worte auf Erden«, sagte er nach einer Pause. »Ich betrachtete ihn als Beichtvater. Ich war zu krank, um zu ...« W. T. nickte.

»Und dann?« fragte er.

»Er schrieb es auf.« Cellini sagte das so einfach, daß Jerry für einen Moment die volle Bedeutung der Worte gar nicht begriff.

»Er schrieb es auf«, wiederholte Cellini, und Haß sammelte sich in seiner Stimme. »Ich sprach stockend, natürlich, ich war sehr schwach – er hatte reichlich Zeit zum Schreiben, und als er fertig war, ließ er mich unterzeichnen.«

W. T. starrte ihn in ungläubigem Erstaunen an. »Er ließ Sie unterzeichnen?« wiederholte er.

Der Italiener nickte. »Ich war krank«, sagte er sanft. »Ich lag im Sterben – und ich fürchtete mich.«

W. T. lehnte sich auf seinem Stuhl zurück und verschränkte die Arme. Allmählich sah er die Dinge deutlicher.

»Was genau hatten Sie gebeichtet?«

»Alles«, sagte Cellini.

W. T. runzelte die Stirn. »Namen?« fragte er.

»Alles«, wiederholte Cellini, und seine Stimme sagte mehr, als alle Erklärungen es hätten tun können.

W. T. pfiff leise vor sich hin. »Ich verstehe«, sagte er ernst. »Ich verstehe. Und dann – sind Sie nicht gestorben.«

Cellini nickte. »Er hat mir das Leben gerettet«, sagte er. »Das habe ich ihm nie vergeben. Er war ein Monster, Monsieur, ein entfesselter Satan.«

W. T. stand auf, ging hinüber zum Kamin und blieb dort stehen, die Hände in den Taschen.

»Sie müssen weitersprechen«, sagte er endlich. »Alles, was Sie mir bisher berichtet haben, belastet Sie nur noch mehr.«

Cellini nickte eifrig. »Ich weiß«, sagte er, »ich weiß. Ich muß noch viel erklären. Trotzdem – Sie kannten den Toten nicht, Monsieur; vielleicht können Sie es nicht verstehen.«

»Wie wäre es, wenn Sie es versuchten«, sagte W. T. »Wenn es die Wahrheit ist, werde ich es verstehen.«

Cellini stützte die Ellbogen auf den Tisch und ließ das Kinn auf den Händen ruhen. Sein unnatürlich bleiches Gesicht und das trockene, zu lange schwarze Haar ließen ihn in dem gelben Licht unheimlich, fast gespenstisch erscheinen.

»Monsieur«, begann er. »Eric Crowther war, obwohl sonst ein ganz normaler, egozentrischer Mann in den mittleren Jahren mit einem recht scharfen Verstand, in einem Punkt verrückt – wahnsinnig ...« Cellini sah den Kommissar zweifelnd an, als befürchte er, daß man ihm nicht glauben würde. Aber W. T. musterte ihn ernst, und sein Gesichtsausdruck zeigte nichts anderes als ein großes Interesse. Cellini fuhr fort, immer noch langsam sprechend, und die Sorgfalt seiner Redeweise verriet sein Verlangen, verstanden zu werden.

»Er hatte eine Manie«, sagte er, »eine Leidenschaft, Menschen Schmerzen zuzufügen. Schmerzen interessierten ihn. Er liebte es, sie zu verursachen, sein Opfer leiden zu sehen und dabei mit einem sinnlichen Vergnügen jeden Stich und jedes Zucken zu erkennen und voll auszukosten.«

W. T. neigte den Kopf. »Ich bin vertraut mit dieser Art von Sadismus«, sagte er.

Cellini warf ihm einen scharfen Blick zu. »Dann werden Sie verstehen, was Crowthers Wahn war«, sagte er, »aber bei ihm gab es einen Unterschied – die einzigen Schmerzen, die ihn interessierten, waren Schmerzen des *Geistes*.«

Jerry hielt den Atem an und beugte sich vor.

»Schmerzen des *Geistes*«, wiederholte der Italiener. »Er hatte in Deutschland Medizin studiert und sich auf das Studium des Gehirns spezialisiert; jedes geistige Leiden fesselte ihn. Zuerst war es nur ein geheimer Wesenszug, nehme ich an, aber es wurde zur Manie. Zu der Zeit, von der ich spreche, wurde sein ganzes Leben von dieser Manie beherrscht – wie ein Mensch von einem Dämon beherrscht werden kann.«

W. T. und Jerry waren jetzt hellwach und beobachteten Cellini scharf. Diese Enthüllung erklärte viel, das bisher unverständlich gewesen war.

»Es war schwierig für ihn, diese Manie zu befriedigen«, fuhr Cellini fort. »Man muß erst Liebe erwecken, bevor man mit einem Wort oder einem Blick verletzen kann – oder man muß etwas über jemanden wissen, was niemand gern vor der Welt enthüllen würde. Dann kann man mit den Gefühlen des Opfers spielen, wie ein Kind auf der Gitarre spielt ...«

»Mein Gott – Erpressung!« Jerry sprach, ohne es zu merken.

Cellini sah ihn an und nickte. »Das ist das Wort«, sagte er. »Erpressung – Erpressung mit Bezahlung in Schmerzen.«

Jerry schaute seinen Vater fragend an. W. T. musterte den Italiener eindringlich; seine Stirn war gerunzelt und sein Gesicht von neuem Interesse belebt.

»Sprechen Sie weiter«, sagte er.

»Crowther fand Dinge über Leute heraus«, sagte Cellini und senkte die Stimme. »Er hielt Ausschau nach Leuten mit Geheimnissen, brachte diese Menschen in seine Gewalt und behielt sie im Auge, quälte sie und drohte ständig mit der Bloßstellung.«

»Was für ein unangenehmer Mensch!«

»Sie glauben mir nicht!« sagte Cellini rasch. »Aber es ist die Wahrheit. Sein Haushalt bestand aus Opfern von ihm, und er zog immer in die Nähe von Leuten, die Angst vor ihm hatten.«

W. T. öffnete den Mund, um eine Frage zu stellen, besann sich aber eines Besseren.

Cellini fuhr fort.

»Mich hatte er jedenfalls in seiner Gewalt«, sagte er. »Warum sonst hätte ich all die Jahre mit ihm verbringen sollen – praktisch ein Sklave –, jeder Demütigung ausgesetzt, gezwungen, ihm überallhin zu folgen, jeden Befehl von ihm ohne Zögern auszuführen? Monsieur, ich wagte nicht, ihn zu verlassen; er hatte meine unterschriebene Beichte – ein Papier, das mich in Lebensgefahr oder Schlimmeres gebracht hätte, wenn es in die Hände der Vereinigung gefallen wäre.«

W. T. atmete hörbar aus. »Ich verstehe, ich verstehe«, sagte er. »Und er drohte Ihnen von Zeit zu Zeit mit einer Bloßstellung?«

»Ständig. Ich hatte keinen Augenblick Ruhe vor ihm. Ich habe oft daran gedacht, ihn zu töten, aber ich hatte Angst. Ich wagte es nicht.«

W. T. kehrte zu seinem Stuhl am Tisch zurück.

»Hören Sie, Cellini«, sagte er. »Ich bin Ihnen zu Dank verpflichtet für diese Information über den Toten, aber bis jetzt haben Sie noch nichts gesagt, was mich hätte überzeugen können, daß Sie ihn nicht getötet haben – tatsächlich hat Ihre Geschichte bis jetzt nur dazu beigetragen, meine Überzeugung von Ihrer Schuld zu vergrößern ... Wenn Sie kehrtgemacht haben und flohen, als Sie sahen, daß Crowther tot auf dem Boden lag – wie kam es dann, daß Ihre Hände blutig waren?«

»Aber, Monsieur, verstehen Sie nicht?« Die Stimme des Italieners überschlug sich fast, und seine braunen Augen waren weit geöffnet und pathetisch. »Ich habe ihn umgedreht – ich habe meine Beichte an mich genommen.«

W. T. fuhr sich mit der Hand durch das weiße Haar. »Sie haben Ihre Beichte an sich genommen«, wiederholte er. »Natürlich, natürlich.«

»Aber ja, Monsieur.« Cellinis Aufrichtigkeit war unverkennbar.

»Als ich den Schuß hörte und in das Zimmer lief und ihn auf dem Gesicht liegend tot vorfand, dachte ich als erstes an meine Beichte. Ich wußte, daß er sie immer bei sich trug, und ich konnte nicht zulassen, daß sie bei ihm gefunden wurde. Ich drehte ihn um – pah! Er sah nicht gut aus, und ich hatte gerade genug Zeit, sein Hemd aufzureißen, den Lederbeutel herauszunehmen und zu fliehen. Deswegen konnte ich auch das Haus nicht verlassen, bevor das Dienstmädchen die Halle betrat.«

W. T. lehnte den Kopf auf die Hände. »Mein Gott«, sagte er. »Ich könnte Ihnen beinahe glauben.«

Cellini setzte sich steif auf. »Ich schwöre Ihnen, daß ich die Wahrheit spreche«, sagte er langsam und fügte in einem plötzlichen Ausbruch von Lebhaftigkeit hinzu: »Bedenken Sie doch, Monsieur! Warum sollte ich ihn im Haus eines anderen Mannes töten, und mit einer Flinte? Meine natürliche Waffe ist das Messer – ich kann ein Messer so werfen, daß ich eine Markierung auf einer zwanzig Fuß entfernten Wand treffe –, und wenn ich es gewagt hätte, hätte ich ihn mit dem Messer getötet. Außerdem – fragen Sie sich doch selbst –, hätte ich sieben Jahre damit gewartet?«

W. T. erhob sich und ging mit hinter dem Rücken verschränkten Händen und gesenktem Kopf langsam durch das Zimmer.

»Cellini«, sagte er und drehte sich plötzlich um, »bleiben Sie in Paris, in diesem Haus. Was Sie heute nacht gesagt haben, hat meinen Glauben an Ihre Schuld erschüttert, aber ich bin noch nicht zufrieden.«

Cellini erhob sich. »Monsieur, ich versichere Ihnen, daß ich hierbleiben werde«, sagte er. »Wenn Sie mich suchen, werden Sie mich hier finden.«

»Großartig.« W. T. nahm seinen Hut und wandte sich zur Tür. Von der Schwelle aus schaute er zurück. »Übrigens, Cellini«, sagte er, »Sie kamen fast unmittelbar nach dem Schuß in das Zimmer, nicht wahr?«

»Innerhalb von drei Sekunden, Monsieur.«

»Sie haben nicht ... Sie haben nicht zufällig einen Blick auf denjenigen, der geschossen hat, geworfen, als er oder sie durch die Terrassentür verschwand?«

Cellini zögerte. »Nein, Monsieur«, sagte er schließlich.

W. T. kehrte in das Zimmer zurück. »Was haben Sie gesehen?«

»Ich habe ... nichts gesehen.«

W. T. schüttelte den Kopf. »Sie machen es mir sehr schwer«, sagte er. »Sie wissen, daß es meine Pflicht ist, soviel wie möglich über diesen Fall herauszufinden – je früher der Mörder gefunden wird, um so früher werden die Unschuldigen nicht mehr fälschlich verdächtigt werden. Was haben Sie gesehen?«

Wieder zögerte der Italiener. »Ich bin mir nicht sicher«, sagte er endlich. »Es war weniger ein Blick als ein flüchtiger Eindruck – etwas, das so schnell verschwunden war, daß ich nicht beschwören könnte, überhaupt etwas gesehen zu haben.«

»Ich verstehe«, sagte W. T. »Wie war Ihr flüchtiger Eindruck?«

Der Italiener hob den Blick und sah W. T. ruhig an. »Ein Schimmer von Weiß um den Türpfosten«, sagte er langsam. »Ein Stückchen eines weißen Stoffes.«

»Wie etwa der Rand einer Schürze?« fragte W. T. »Oder der weiße Unterrock einer Frau?«

»Oder der weiße Unterrock einer Frau«, stimmte Cellini zu. »Das war mein Eindruck, Monsieur.«

Als Jerry die Tür hinter sich und W. T. schloß, murmelte er seinem Vater zu: »Was sollen wir Barthés und Marbeuf sagen?«

9

Zwei extravagante Damen

Etwas nach elf Uhr am folgenden Vormittag gingen Jerry und sein Vater über den sonnenbeschienenen Boulevard des Italiens und besprachen die Ereignisse der vergangenen Nacht. Als sie sich endlich von dem unerschütterlich höflichen M. Barthés und dem verstohlen belustigten Marbeuf getrennt hatten, war W. T. nicht in der Stimmung für Unterhaltung gewesen. Inzwischen hatte er sich einigermaßen mit der Situation versöhnt.

»Ich werde Cellini natürlich beobachten lassen«, sagte er. »Mit ihm in Verbindung bleiben – aber ich neige fast dazu, seiner Geschichte zu glauben. Jene besondere Art von Wahn ist nicht so selten, und außerdem erklärt sie für mein Empfinden als einziges den ungewöhnlichen Fall Clarry Gale.«

»Clarry Gale – warum sollte er nicht plötzlich anständig geworden sein?«

W. T. schüttelte den Kopf. »Mein Junge«, sagte er ernsthaft, »es gibt Menschen, die aus Schwachheit Verbrechen begehen, aus einer plötzlichen Versuchung heraus, aus Furcht oder einfach notgedrungen. Sie alle mögen irgendwann in sich gehen und anständig werden. Aber es gibt einen anderen Typ, der schon mit einer kriminellen Veranlagung zur Welt gekommen ist, von Grund auf verdorben. Ein solcher Mann ist Clarry Gale. Sein Strafregister beginnt, als er sieben ist. Von seinen dreiundsechzig Jahren hat er fünfundzwanzig im Gefängnis verbracht. Diese zehn Jahre untadeligen Lebens scheinen irgendwie unnatürlich.«

Jerry nickte. »Er wird nicht reden, oder?« fragte er.

»Nein.« W. T. runzelte die Stirn. »Ich habe mich lange mit ihm unterhalten an dem Vormittag, als die gerichtliche Voruntersuchung stattfand, aber er weigerte sich, auch nur ein Wort zu sagen. Er wußte, daß sein Alibi in Ordnung war, und darauf berief er sich. Ich konnte nichts aus ihm rausbekommen. Nein, Clarry Gale war zur Ehrlichkeit gezwungen, weil er um sein Leben fürchtete. Crowther hatte ihn aus irgendeinem Grund in der Hand – darum neige ich auch dazu, Cellini seine Geschichte von ›geistigem Terror und Erpressung‹ abzunehmen. Sie paßt so gut in das Schema.«

Jerry zuckte ausdrucksvoll mit den Schultern. »*Nicht* gut«, sagte er. »Ich nehme an, als nächstes gehen wir zurück nach ... Großer Gott!« Er hielt mitten im Satz inne und blieb stehen.

»Was ist?«

»Norah!« sagte Jerry und begann, in größter Eile den Gehweg hinunterzulaufen.

W. T. sah ihm nach; im nächsten Augenblick starrte auch er die Straße hinunter, ehrlich überrascht.

Zehn Meter weiter hielt ein offenes Taxi vor einer Parfümerie. Eine Frau saß in dem Taxi, eine andere stand daneben und unterhielt sich mit Jerry.

Es waren Mrs. Christensen und Norah.

Die jungen Leute redeten lebhaft aufeinander ein, als W. T. zu ihnen trat, und Mrs. Christensen schaute fröhlich lächelnd auf die beiden.

Zu W. T.s Überraschung, und ein wenig auch zu seiner Verlegenheit, begrüßte Mrs. Christensen sie wie alte Freunde.

»Wir kennen keine Menschenseele in dieser Stadt; wie nett, Sie zu treffen! Haben Sie im Augenblick etwas vor? Wir sind gerade auf dem Weg zurück ins Hotel, um zu essen. Wollen Sie nicht mit uns kommen?« Mrs. Christensen war voller Eifer. Sie schien wirklich erfreut, sie zu sehen, und ihr Lächeln war so aufrichtig wie ihre Worte.

W. T. sah sie an; sein Gesicht deutete nicht einmal an, wie überrascht er war. Sie war eine andere Frau als das abgehärmte und verängstigte Wesen mit dem gejagten Blick in den

Augen, das sie erst vor wenigen Tagen in England verlassen hatten. Sie sah um Jahre jünger aus, in ihren Wangen war Farbe, in ihrem Gesicht eine neue Lebhaftigkeit. Seine Neugier war erweckt; er nahm die Einladung an, und kurze Zeit später ratterten die vier über die Rue de la Paix zum Place Vendôme.

Jerry und Norah unterhielten sich prächtig, und W. T. widmete Mrs. Christensen seine ganze Aufmerksamkeit. Es war nicht nötig, ihr irgendwelche Fragen zu stellen, merkte er bald: sie schwatzte ohne jede Ermunterung über sich selbst.

»Ich hatte einfach das Gefühl, ich müßte mal raus«, sagte sie, »wenn auch nur für eine Woche oder so. Darum fahren wir zur Erholung nach Menton.«

»Sie ... hm ... haben doch Ihre Anschrift hinterlassen?« Er konnte nicht anders; der Kommissar in ihm mußte die Frage stellen.

Mrs. Christensen sah ihn an, als habe er den Verstand verloren.

»Natürlich«, sagte sie. »Sehen Sie, mein Mann hat uns nicht begleitet.«

»Nein?«

»Er hatte Angst vor der Reise«, sagte sie. »Es wäre schwierig für ihn gewesen, armer Kerl, in dem Stuhl.«

»Natürlich.« W. T. lächelte sie an. »Und so sind Sie ohne ihn gefahren?«

Mrs. Christensen nickte. »Ich habe Estah und die Kleine einfach nach Bournemouth geschickt und Roger zu seiner Schwester nach Yorkshire, und Norah und ich sind hierher gekommen. Wir sind erst gestern eingetroffen. Heute nachmittag kaufen wir ein, und morgen geht's nach Menton.« Sie klatschte in die Hände und lachte, und W. T. hatte den Eindruck, man habe sie freigelassen – wie einen Hänfling aus seinem Käfig. Aber dennoch verwirrte ihn die ganze Sache; er verstand diesen neuen Schwung nicht, und dann war da auch das Geld. White Cottage war ein bescheidenes Haus, und die

Christensens waren bescheidene Leute, die zweifellos sparsam von investiertem Kapital lebten. Aber jetzt ging von Mrs. Christensen eine Atmosphäre von Extravaganz aus. Sie und Norah trugen teure Kleider. W. T. hatte eine ziemlich genaue Vorstellung, was Kleidung kostete – es gehörte zu seinem Beruf –, und ihm war sofort klar, daß die Dame bereits eingekauft hatte, und zudem recht verschwenderisch.

Auch das Hotel, so stellte er bei ihrer Ankunft fest, war eines der exklusivsten und teuersten in Paris. Die beiden Schwestern bewohnten eine Suite und hatten ihr englisches Mädchen mitgebracht, die schüchterne Kathreen, die jetzt wesentlich kekker und selbstsicherer war.

Das Essen wurde in der Suite serviert, und die Schwestern plauderten während der ganzen Mahlzeit. Sie waren zum erstenmal in Paris und voll von ihren Erlebnissen. Soweit W. T. es beurteilen konnte, hatten sie das Beste aus ihrem Besuch gemacht. Der allgemeine Eindruck für ihn war der weiblicher Extravaganz von der unbekümmertsten Seite. Je länger er darüber nachdachte, um so verwirrter wurde er.

Er warf einen Blick auf Jerry, doch wenn er von ihm eine Bestätigung seines eigenen Eindrucks erwartete, wurde er enttäuscht. Der Junge war in ein Gespräch mit Norah vertieft. Er hatte für nichts anderes Augen. Und was den Mord betraf – der Gedanke daran kam ihm wahrscheinlich gar nicht in den Sinn.

Schließlich löste die Runde sich auf; die Damen gingen, um sich für ihren Einkaufsbummel in der Rue de la Paix umzukleiden, und W. T. und Jerry, um in ihr Hotel zurückzukehren.

Sie trennten sich in bestem Einvernehmen. W. T. überredete die Schwestern, am gleichen Abend mit ihm und Jerry zu essen.

Die lächelnde Kathreen begleitete Vater und Sohn durch den Flur zur Eingangstür der Suite. »Bin froh, Sie wiederzusehen, Sir«, sagte sie, darauf bedacht, von ihnen zur Kenntnis genommen zu werden.

W. T. sah sie strahlend an. »Danke, Kathreen. Wie gefällt dir Paris? Macht es dir Spaß?«

Kathreen wandte ihre runden Augen dem Himmel zu. »O ja!« sagte sie. »Seit die Missus von dem Geld gehört hat, sind wir mächtig rangegangen, kann ich Ihnen sagen.«

»Geld?« W. T.s Ton war sanft überrascht.

Das Mädchen zog die Augenbrauen hoch. »Haben Sie es noch nicht gehört? Ich hätte gedacht, Sie würden es als erster hören. Die Missus hat alles Geld von Mr. Crowther geerbt – von dem, der erschossen worden ist.«

10

Der nächste Schachzug

»Was wirst du jetzt tun, Dad?« fragte Jerry aggressiv.

Die beiden Männer saßen in einer verlassenen Ecke der Lounge ihres Hotels, nachdem sie gerade Mrs. Christensen und Norah nach dem Abendessen im Café de Paris zu ihrem Hotel begleitet hatten.

»Was wirst du jetzt tun?« wiederholte Jerry.

W. T. stellte seinen Brandysoda auf die Glasplatte des Rohrtisches und blinzelte seinen Sohn milde erstaunt an. »Jerry«, sagte er, »der Château Yquem ist dir zu Kopf gestiegen – ich würde zu Bett gehen, mein Junge.«

Jerry errötete ärgerlich. »Ich bin im Augenblick nicht in der Stimmung für solche Scherze«, sagte er, ohne sich die Mühe zu machen, seine Gereiztheit zu verbergen. »Ich möchte wissen, was du vorhast. Warum fahren wir morgen nicht zurück nach England?«

»Weil ich denke«, sagte W. T. fröhlich, »daß wir mehr erreichen, wenn wir hierbleiben.«

»Erreichen?« Jerrys Stimme hob sich verächtlich. »Ich nehme an, damit meinst du, daß wir noch mehr abscheuliche Tatsachen über diesen Mord herausbekommen werden.«

»Nun ja«, sagte sein Vater sanft, »darum sind wir hergekommen, weißt du.«

Jerry schwieg einen Augenblick, bevor er wieder sprach. »Jedenfalls«, sagte er verdrossen, »sind wir nicht hergekommen, um Mädchen zum Essen einzuladen und sie dann auszufragen. Es widert mich an.«

W. T. musterte ihn ernst. »Jerry«, sagte er endlich, »glaubst du, daß Norah Bayliss Eric Crowther erschossen hat?«

»Großer Gott, nein!«

»Glaubst du, daß ihre Schwester es getan hat?«

»N ... nein, natürlich nicht.«

»Nun«, sagte W. T. und lehnte sich auf seinem Stuhl zurück. »Wäre es nicht das Beste, was wir für sie tun könnten, wenn wir den Mörder finden, so daß nie wieder ein Verdacht auf sie fallen kann?«

Jerry runzelte die Stirn und bewegte sich unruhig hin und her. »Nun, ja ... ich ... ich denke, ja«, sagte er schließlich. »Üble Sache, das mit dem Geld.«

W. T. nickte. »Sehr seltsam«, sagte er. »Deadwood muß den Verstand verloren haben. Ich hätte davon sofort unterrichtet werden müssen – auch daß die Mädchen nach Paris kommen –, und wir haben nicht ein Wort von ihm gehört. Ich weiß nicht, was er da drüben eigentlich macht.«

»Vielleicht hat er sich darauf verlassen, daß du Cellini verhaften würdest«, sagte Jerry.

W. T. runzelte die Stirn. »Höchstwahrscheinlich«, sagte er düster. »Trotzdem, er hätte mich informieren müssen, besonders wegen des Geldes. Ich habe natürlich sofort telegrafisch um eine Kopie des Testaments gebeten, als ich heute nachmittag ins Hotel kam. Morgen haben wir sie.«

Jerry beugte sich vor und umklammerte seine Knie. »Sie ... sie *kann* es nicht getan haben«, sagte er endlich.

»Wer ... Mrs. Christensen?«

»Natürlich Mrs. Christensen.«

W. T. schwieg eine Weile. »Ich weiß nicht«, sagte er. »Wenn eine Frau zum Äußersten getrieben wird, gibt es nichts, was sie nicht tun könnte.«

»Sie *kann* es nicht getan haben«, wiederholte der Junge. »Sie kann es nicht getan haben!«

»Was veranlaßt dich, das zu denken?«

Jerrys Vater stellte die Frage beiläufig, und sein Sohn sprach aus, was er dachte. »Nun, was ich sagen will ... eine Frau mit einer solchen Schwester ...« Er brach ab, als er das Gesicht seines Vaters sah.

»Mein lieber Junge...«, W. T. sprach friedfertig... »das ist ein Argument, das dich vielleicht in deinem gegenwärtigen Zustand seliger Unzurechnungsfähigkeit überzeugen mag, aber du kannst nicht erwarten, daß es für mich die gleiche Überzeugungskraft hat.«

»Glaubst du denn, daß sie es getan hat?«

W. T. raufte sich das Haar, bis er aussah wie eine Eule in Festtagsstimmung.

»Um ehrlich zu sein, Jerry, ich weiß es nicht«, sagte er. »Es gibt Zeiten, da könnte ich alles glauben. Jedenfalls gehe ich jetzt zu Bett.«

Er machte Anstalten, sich zu erheben, aber Jerry beugte sich über den Tisch zu ihm und hinderte ihn daran.

»Dad«, sagte er und verschluckte in seiner Ernsthaftigkeit fast die Silben, »dieser Crowther – er hat es verdient, umgebracht zu werden. Was spielt es für eine Rolle, wer ihn getötet hat?«

»Was spielt es für eine Rolle?« wiederholte W. T. ausdruckslos.

Jerry nickte; sein junges Gesicht wurde plötzlich hart. »Ja«, sagte er. »Wer auch diesen Mann getötet haben mag – er tat es in Selbstverteidigung, geistiger, wenn nicht physischer. Warum läßt du ihn nicht in Ruhe?«

W. T.s Augen verengten sich. »Was willst du damit sagen?«

»Schmeiß den Fall hin. Laß die Finger davon. Versuch nicht, noch mehr rauszufinden.«

»Den Fall hinwerfen!« sagte W. T. und sah seinen Sohn entsetzt an. »Den Fall hinwerfen? Mein lieber Junge, du bist verrückt.«

»Das bin ich nicht. Ich habe das Gefühl, daß es das Beste wäre, ehrlich. Ich habe das Gefühl, wir sollten nicht noch mehr herausfinden.«

W. T. schüttelte den Kopf.

»Jerry«, sagte er, »in unserem Geschäft sollte man nie Angst vor der Wahrheit haben. Du willst, daß ich diesen Fall hinwerfe – etwas, was ich schon um meiner Selbstachtung willen niemals tun könnte –, weil du dich fürchtest, dem ins Gesicht zu sehen, was du für die Wahrheit hältst. Du glaubst, daß Mrs. Christensen den Schuß abgefeuert hat – unterbrich mich nicht –, ich wiederhole, du glaubst, daß sie Eric Crowther ermordet hat, und du fürchtest dich davor, es zu beweisen. Das ist sinnlos, mein Junge – Zweifel sind immer gefährlich. Ihretwegen wie auch wegen aller anderen müssen wir soviel wie möglich herausfinden. Crowther hatte sie auf irgendeine Weise in seiner Gewalt – ein Geheimnis, von dem die alte Estah wußte. Wir müssen herausfinden, was das war. Wir müssen herausfinden, warum er ein Testament zu ihren Gunsten hinterlassen hat: wir müssen heraufinden, ob sie unschuldig ist oder nicht.«

Jerry seufzte. »Du wirst also nicht aufgeben.«

»Ganz gewiß nicht – so etwas hat mir noch niemand vorgeschlagen.« W. T. sprach mit Nachdruck und erhob sich. »Denkst du, ich verdächtige vier oder fünf Unschuldige, weil deiner Meinung nach eine des Mordes Verdächtige eine hübsche Schwester hat? Wenn du nicht verliebt und darum unzurechnungsfähig wärest, würde ich dir eine Ohrfeige geben, mein Junge.« Und damit ging der Kommissar schlafen.

Jerry aber saß noch lange da und dachte an Norah.

Am nächsten Morgen saß W. T. wutschnaubend über dem englischen Frühstück, auf das zu verzichten ihn ein ganzes Heer empörter französischer Kellner nicht hätte bringen können, und als Jerry kam, blickte W. T. den Jungen über den Tisch hinweg finster an.

»Ist es gekommen?« fragte Jerry, der mit seinen Gedanken bei dem Testament war.

»Nein«, sagte W. T. »Das wird uns einen weiteren Tag aufhalten. Sie sind nicht sofort darangekommen, nehme ich an.«

»Oh, na ja, sicher bekommst du es heute abend. Sonst etwas?«

»Nein«, sagte W. T. aufgebracht, »nur ein verdammt dämlicher Brief von Deadwood als Erwiderung auf meinen Bericht.«

Jerry grinste. Allmählich sah er die Ursache für die Gereiztheit seines Vaters. Inspektor Deadwood war ein wohlmeinender Mensch, der stets kluge Vorschläge zu den Fällen anderer Leute zu machen hatte, und niemand hatte wie er das Talent, W. T. zu verärgern.

»Oh!« sagte Jerry. »Was denkt er?«

»Er denkt nicht«, sagte W. T. bissig. »Das ist das Problem.« Er schüttelte den Kopf.

»Nein«, sagte er, »es war kein Unfall. Die Flinte beschloß nicht plötzlich, von selbst loszugehen. Und ich glaube auch nicht, daß es ein vorbeikommender Affe getan hat, oder ein Mann, der noch von Indien her eine Rechnung mit Crowther zu begleichen hatte und sich zufällig und ohne daß jemand davon wußte in jenem Augenblick im Eßzimmer der Christensens aufhielt. Ich glaube keines von diesen Dingen. Dies ist ein so eindeutiger Fall eines lange in Erwägung gezogenen, doch dann impulsiven Mordes, wie ich nur je einen gesehen habe.«

Jerry nickte. »Du bist immer noch entschlossen, es durchzuziehen?« fragte er unschlüssig.

»Absolut«, sagte W. T. bestimmt. »Ich habe noch nie im Leben einen Fall nicht abgeschlossen. Die bloße Vorstellung, so etwas zu tun, erfüllt mich mit Entsetzen. Es ist mein Beruf.«

Jerry runzelte die Stirn.

»Ich weiß nicht, warum du dich nicht pensionieren läßt«, sagte er. »Du hast genug Geld, du bist nicht auf eine Pension angewiesen, und du magst dieses Leben nicht. Das hast du neulich dem alten Doc Cave gesagt.« Er machte eine Pause, und als sein Vater nicht antwortete, fügte er hinzu: »Warum klebst du so dran?«

»Viele Aspekte meines Berufs stoßen mich natürlich ab«, sagte W. T. ruhig, »aber die Hauptsache, der Jagdinstinkt, ist noch vorhanden. Ich werde auch in Zukunft murren und weitermachen, bis ich zu alt bin.«

Jerry sagte nichts mehr.

Spät am Nachmittag traf die ungeduldig erwartete Kopie vom Testament Eric Crowthers ein.

W. T. nahm sie sofort mit in sein Zimmer. Jerry gab ihm Zeit, das Testament zu lesen, dann ging er zu ihm.

»Gute Nachrichten?« fragte er, während er die Tür hinter sich schloß.

W. T. schaute auf. »Nein«, sagte er. »Eigentlich nicht, aber etwas ist merkwürdig. Hör dir dies an: ›Alles Bargeld, Kriegsanleihen und andere Wertpapiere sowie das Guthaben auf meiner Bank hinterlasse ich uneingeschränkt Mrs. Roger Christensen, White Cottage, Brandesdon, Kent, *der es zusteht*.‹ «

»*Der es zusteht*?« wiederholte Jerry.

W. T. nickte. »Was mag das zu bedeuten haben – genau?« sagte er. »Du siehst, mein Junge, wir müssen der Sache auf den Grund gehen. Wenn die Frau mit dem Mord selbst nichts zu tun hat, muß sie doch etwas darüber wissen.«

»*Der es zusteht*«, wiederholte Jerry, den die Worte faszinierten. »Bedeutet das, daß sie eine ... eine Art Verwandte von Crowther ist?«

W. T. schüttelte den Kopf. »Ich weiß es nicht. Es könnte natürlich sein, aber ich glaube kaum. Jedenfalls werden wir das bald wissen. Bevor ich London verließ, habe ich die Untersuchungskommission eingeschaltet. Innerhalb eines Tages etwa werden wir einen umfassenden Bericht über sein Leben, so weit es sich zurückverfolgen läßt, vorliegen haben. Der sollte einiges offenbaren. Inzwischen müssen wir uns auf Mrs. Christensen konzentrieren. Etwas an diesem Testament ist nämlich sehr wichtig ...« Jerry schaute auf.

»Und das wäre?«

W. T. sah ihn an. »Das Datum«, sagte er. »Das Testament wurde vor sechs Jahren gemacht.«

Jerry hielt den Atem an. »Was ist also unser nächster Schritt?«

W. T. warf einen Blick auf seine Uhr. »Der Nachtzug nach Marseille und an die Mittelmeerküste fährt um sieben vom Gare de Lyon«, sagte er. »Wir müssen ihn erwischen. Sie haben nur zwölf Stunden Vorsprung.«

Jerry seufzte und machte sich schweigend daran, seine Tasche zu packen. Das Leben stellte ihn plötzlich vor Probleme, die schwieriger waren, als er je für möglich gehalten hätte.

Sie erreichten den Zug mühelos.

Es war früher Herbst, und die »Saison« am Mittelmeer hatte noch nicht begonnen, so daß verhältnismäßig wenige Reisende im Zug waren und Vater und Sohn ein Abteil für sich hatten.

Doch Jerry war sehr schweigsam; die Situation gefiel ihm nicht. Seit mindestens vierundzwanzig Stunden hatte Norah neue Horizonte für ihn eröffnet, und alles andere schien ziemlich geringfügig und unbedeutend.

W. T. saß in seiner Ecke, das Polster hinter dem Kopf, die Arme über der Brust verschränkt.

Allmählich verging die lange Nacht, und der Morgen zeigte eine neue Landschaft mit Olivenbäumen und roter Erde, und endlich den großen schwarzen Felsen, der sich bei der Einfahrt nach Marseille gegen Meer und Himmel absetzt.

Der Rest der Reise an der Küste entlang nach Menton fing trotz ihrer Umstände Jerrys Interesse. Die märchenhaften Berge mit hochgelegenen Burgen auf der einen Seite, die endlose Folge von unglaublich blauen Buchten auf der anderen zogen ihn unwiderstehlich an. Als sie im Bahnhof von Menton ankamen, war es auch heiß geworden.

Sie suchten sich ein ruhiges Hotel in dem geschäftigeren und weniger eleganten Teil der Stadt.

Es war Jerrys erster Besuch der Südküste Frankreichs, und die Heiterkeit und Farbigkeit der Szenerie bezauberten ihn. Die verrückten Lastkarren aus den Bergen mit ihren lauten, wie Bösewichte aussehenden Fahrern, die Mädchen mit ihren erstaunlichen Frisuren, die Helligkeit überall – es war alles neu und hinreißend.

Sie gingen durch eine der engen Straßen, umgeben von der schwatzenden Menge, als W. T. plötzlich den Arm seines Sohnes berührte. »Wer ist das?« murmelte er.

Jerry folgte der Richtung von W. T.s Blick und sah einen Mann an einem der vielen kleinen Tische auf dem Gehweg vor einem Café sitzen.

Er trug einen sehr neuen Anzug, in dem seine dürre Gestalt wie eine Vogelscheuche aussah, seine glänzenden braunen Schuhe pendelten gute fünf Zentimeter über dem Boden, und sein hellgrauer Hut saß weit hinten auf seinem knochigen Kopf. Jerry starrte ihn an.

Die Kleidung war natürlich anders, aber etwas an den rotgeränderten Augen und dem abstoßend klebrig aussehenden gelb-grauen Schnurrbart kam Jerry bekannt vor.

»Großer Gott!« murmelte er. »Clarry Gale!«

W. T. nickte. Er nahm Jerrys Arm und steuerte seinen Sohn in die entgegengesetzte Richtung. »Dreh dich nicht um«, sagte er. »Ich will nicht, daß er uns sieht. Was zum Teufel tut *der* hier?«

11

Der Bericht

»Und jetzt, denke ich, Jerry, mein Junge, verhalten wir uns am besten ruhig, bis wir den Bericht von zu Hause bekommen. Wir brauchen so viele Informationen wie möglich, bevor wir jemanden befragen.«

W. T. lehnte sich auf einem Stuhl auf dem Balkon vor seinem Hotelzimmer zurück und rauchte nachdenklich eine Zigarette. Sie waren jetzt seit zwei Tagen in Menton, ohne große Fortschritte zu machen.

Es war eine Nacht, wie sie typisch ist für den Süden Frankreichs, die Luft mild und erfüllt von dem fernen Summen der Stadt. Der Himmel war sternenhell, und kein Windhauch bewegte die bogenförmigen Rüschen der gestreiften Markisen über den Fenstern der Cafés. W. T.s Stimme klang leise und tief aus dem Halbdunkel.

Jerry bewegte sich. »Wir wissen jedenfalls, wo sie sind«, stellte er fest.

W. T. nickte. »Wenigstens etwas«, sagte er. »Aber jetzt müssen wir auf den Bericht warten. Der Ausdruck ›der es zusteht‹ macht mir Sorgen.«

»Und Clarry Gale«, sagte Jerry langsam. »Er scheint plötzlich zu Geld gekommen zu sein. Merkwürdig an Crowthers Ermordung ist der plötzliche Reichtum von den Leuten, die mit ihm zu tun hatten.«

»Das ist mir auch aufgefallen.« W. T. bewegte sich, und sein Stuhl knarrte in der Dunkelheit. »Im Testament wurde Gale aber nicht erwähnt«, fuhr er nach einer Pause fort. »Du kannst Gift darauf nehmen, Jerry, wenn er zu Geld gekommen ist, dann durch seine eigenen unredlichen Machenschaften. Ich war erstaunt, ihn hier zu sehen. Es muß natürlich mit der Anwesenheit der beiden Frauen hier zu tun haben.«

»Warum?«

»Nun...«, sagte W. T. und betonte jedes Wort, »ein Mann wie Clarry Gale reist nicht zum Vergnügen nach Menton. Er würde vielleicht nach Blackpool gehen. Vielleicht auch nach Monte Carlo ohne einen besonderen Grund, aber nach Menton – nie!«

»Aber was könnte er mit Mrs. Christensen und Norah zu tun haben? Willst du andeuten, daß er von ihnen angestellt worden ist?« fragte Jerry in aggressivem Ton.

W. T. zog die Augenbrauen hoch. »Das ist mir nicht in den Sinn gekommen«, sagte er, »und es ist nicht wahrscheinlich; ich weiß nicht, was er für sie tun könnte. Aber jemand anders könnte ihn angestellt haben, um sie beobachten zu lassen. Ich weiß bis jetzt noch nicht genug, um das beurteilen zu können.«

Eine Weile herrschte Schweigen, dann fragte Jerry: »Wir wissen natürlich noch nicht, wie Crowther Gale in seine Gewalt bekommen hat, oder?«

»Nein, nicht genau«, räumte W. T. ein, »aber ich glaube, ich habe eine ziemlich exakte Vorstellung. Ich habe mir die Unterlagen über den letzten Fall, in den er verwickelt war, schicken lassen.«

»Oh?« Jerry sprach mit neu erwachtem Interesse. »Was für ein Fall war das?«

W. T. zündete sich eine neue Zigarette an, bevor er antwortete.

»Ein Einbruch«, sagte er. »Eine ziemlich üble Angelegenheit, in die mehrere Leute verwickelt waren. Ein Mann namens Grant hatte ein Haus am Feering Park Crescent, Westend, in dem er allein mit seinen beiden Dienstboten lebte, einem Mann, Briggs, und einer Köchin, Mrs. Phail. Eines Nachts brach eine Bande bei ihnen ein – Gale, Abrahams und Goody. Grant schlief im vorderen Teil des Hauses und hörte nichts, aber Briggs und Mrs. Phail, die Zimmer über der Küche hatten, wurden wach. Briggs schlich sich nach unten und überraschte die drei. Abrahams rannte zur Tür, mit Briggs auf den Fersen. Die beiden anderen kletterten aus einem Seitenfenster, Goody als erster, direkt in die Arme eines wartenden Wachtmeisters. Als sie zurück ins Haus gingen, stellte sich heraus, daß Mrs. Phail, die Briggs die Küchentreppe hinunter gefolgt war, ausgeglitten war und sich im Fallen den Kopf an einer Zinkwanne aufgeschlagen hatte, die am Fuß der Treppe stand. Sie war tot. Es bestand damals eine Theorie, daß der Sturz kein reiner Unfall war, und es gab viel Gerede, aber niemand konnte etwas beweisen, und die drei kamen mit harten Freiheitsstrafen davon.« W. T. hielt inne.

»Und?« sagte Jerry.

»Na ja, verstehst du nicht«, sagte sein Vater, »Gale verließ als letzter das Haus, und wenn die Theoretiker recht hatten, war es Gale, der die Frau gestoßen hatte, denn keiner von den beiden anderen war von der Art, daß er einem Kumpel zuliebe schweigen würde, wenn seine eigene Haut in Gefahr war.«

»Du sagst also, daß Gale die Frau getötet hat?« setzte Jerry an.

W. T. hob abwehrend die Hand.

»Mein lieber Junge, ich sage überhaupt nichts. Ich *denke* nur, daß er es möglicherweise getan haben könnte. Verstehst du, die einzige Erklärung für zehn Jahre unangenehmer Arbeit bei Crowther für mich ist, daß Gale praktisch im Gefängnis war. Nun, das einzige neben Schloß und Riegel, das Gale im Gefängnis festhalten würde, ist die Angst um seinen kostbaren Hals... Ich will damit sagen, angenommen, Crowther *wußte*, daß Gale die Frau umgebracht hat – vielleicht konnte er es beweisen –, und da er nun einmal, wie wir wissen, diese sonderbare Veranlagung hatte, zog er es vor, Gale an der Kandare zu halten, anstatt ihn der Polizei zu übergeben. Das würde die zehn Jahre erklären, nicht wahr?«

»Das würde es«, sagte Jerry. »Natürlich. Aber wie konnte Crowther von dem Verbrechen wissen?«

»Das«, gab W. T. zu, »ist die schwache Stelle.«

»Schwache Stelle?« sagte Jerry und grinste. »Es ist ein verdammt großes Loch.«

W. T. nickte. »Vielleicht hast du recht. Vielleicht hast du recht«, sagte er entgegenkommend. »Aber ich habe so ein Gefühl, daß es mehr oder weniger das ist, was geschah. Ich weiß nicht, wie – noch nicht. Aber ich denke, du wirst feststellen, daß ich recht habe. Ich habe diesen Eindruck.«

»Wie bei Cellini?« warf Jerry ein.

W. T. hustete. »Das ist respektlos, Jerry«, sagte er gelassen.

Ein Klopfen an der Tür beendete ihre Unterhaltung abrupt.

Jerry ging, um die Tür zu öffnen, und kam mit einem Päckchen zurück.

»Es ist gekommen«, sagte er.

»Es ist vom Präsidium.« W. T. öffnete den großen Umschlag, nahm das maschinengeschriebene Manuskript heraus und breitete es auf einem Tisch unter dem Licht aus. Jerry beugte sich über W. T.s Schulter, und sie lasen gemeinsam.

»Großer Gott!«

W. T. lachte vor Aufregung kurz auf. »Hör dir das an«, sagte er »›... *lebte für einige Zeit in einem Haus am Feering Park Crescent, Westend, unter dem Namen Grant.*‹«

»Mein Gott!« sagte Jerry, »das bedeutet...«

»Daß wir nicht so sehr auf dem Holzweg waren, wie du dachtest«, sagte W. T. »Nun, lesen wir mal weiter. O ja – *häufige Reisen nach Paris, ist vermutlich mit wissenschaftlicher Arbeit im Zusammenhang mit der Erforschung des Gehirns beschäftigt.* Dann einiges, was wir schon wissen. *Ließ sich mit italienischem Sekretär in Brandesdon, Kent, nieder.* Ja, ja, ja... Weiter nichts von besonderer Bedeutung.«

W. T. überflog die Seite. »Oh, nein, einen Moment. Was ist das?« Er las laut: *Der größte Teil seines Vermögens stammte von seinem Mündel, Jack Grey, der im Alter von zwanzig*

Jahren in Frankreich fiel. Soweit sich feststellen ließ, wurde Grey zwei Jahre vorher unter Crowthers Vormundschaft gestellt und lebte für kurze Zeit bei ihm in Brandesdon, Kent. Mit dem Tod Greys ging sein Vermögen zwangsläufig an Crowther.

W. T. legte das Manuskript auf den Tisch und sah seinen Sohn an. »Endlich«, sagte er langsam.

Jerry sah verwirrt aus. »Ich fürchte, ich verstehe nicht ganz«, sagte er. »Wer war dieser Jack Grey?«

W. T. lächelte. »Das genau ist es, was wir herausfinden müssen, mein Junge«, sagte er, »aber die Tatsache, daß er überhaupt existierte, sagt uns einiges. Es war sein Geld, verstehst du.«

»Das Geld, das Mrs. Christensen ›zusteht‹, natürlich.«

Jerry setzte sich auf das Bett und fuhr sich mit den Fingern durch das glatte Haar. »Wer, *denkst* du denn, war dieser Grey?« fragte er. »Ein Verwandter?«

W. T. antwortete nicht gleich. Er ließ sich auf einem Sessel nieder und lehnte sich zurück.

»Er kann natürlich ein Verwandter gewesen sein«, sagte er schließlich. »Das müssen wir herausfinden. Aber es gibt viele andere Möglichkeiten. Er kann ein Testament hinterlassen haben, das Crowther unterschlagen hat, oder einen Wunsch geäußert, den Crowther ignorierte. Wir *wissen* bis jetzt noch gar nichts über ihn. Alles, was wir sagen, muß Mutmaßung bleiben, bis wir mehr Fakten kennen. Vielleicht kommt all dem keine Bedeutung zu, aber ein Punkt in dem Bericht ist sehr bedeutsam.«

Jerry trat an den Tisch und schaute auf den Bericht hinunter. »Oh«, sagte er, »und das wäre?«

W. T. schloß die Augen und versuchte, sich an den genauen Wortlaut zu erinnern. »Steht dort nicht ›Jack Grey lebte bei Crowther in Brandesdon‹?«

»Ja«, sagte Jerry. »Lebte für kurze Zeit bei ihm in Brandesdon, Kent.«

W. T. nickte. »Ja«, sagte er. »Erscheint es dir nicht merkwürdig, Jerry, daß niemand ihn erwähnt hat, als wir Nachforschungen über Crowther anstellten? Die Frauen würden sich doch sicher an ihn erinnern. Ein Junge von etwa zwanzig, in Frankreich gefallen?«

Jerry verzog das Gesicht. »Ich weiß nicht«, sagte er. »Es ist einige Zeit her... die Menschen sind vergeßlich.«

»Ja, aber nicht, wenn man sie direkt fragt«, beharrte W. T. »Als ich Mrs. Christensen am Tag der gerichtlichen Voruntersuchung fragte, ob sie sich erinnern könne, daß Crowther jemals Besucher gehabt habe, bestand sie darauf, daß er in den ganzen sechs Jahren und einigen Monaten, die er im ›Dene‹ lebte, keinen Besucher gehabt habe. Warum erinnerte sie sich nicht an Grey?«

Jerry antwortete nicht, sondern starrte unverwandt auf die Spitzen seiner Schuhe.

»Was Gale betrifft«, fuhr W. T. fort, »die Tatsache, daß Crowther tatsächlich der Grant vom Feering Park Crescent *war*, ist sehr aufschlußreich. Ich denke, ich muß mit meiner Vermutung der Wahrheit sehr nahe gekommen sein. Was für eine erstaunliche Mentalität der Tote gehabt haben muß!«

Als Jerry aufstand, tauchte in der Tür ein durchtrieben blickender Hoteldiener auf. »Gentleman unten möchte mit Monsieur sprechen«, sagte er.

»Oh«, sagte W. T. »Sein Name?«

»Miester Clarrigale.«

»Clarry Gale!« W. T. und Jerry wechselten Blicke, und W. T. sagte: »Führen Sie ihn bitte herauf«, und als die Tür sich schloß, fügte er hinzu: »Heute abend haben wir Glück, Jerry.«

12

Mr. Gale hat eine Idee

»Na, Chef, und wie geht's Ihn'?« Mr. Gale blieb auf der Türschwelle stehen; er hielt den Hut in der Hand, und ein Lächeln offensichtlich echten Vergnügens ging über sein besonders unangenehmes kleines Rattengesicht.

»Wie geht's Ihn'?« wiederholte er mit übertriebener Herzlichkeit, und während Vater und Sohn ihn stumm und ohne zu lächeln musterten, zog er die Tür hinter sich zu, bewegte sich geräuschlos weiter in das Zimmer vor und hockte sich mit weit auseinandergestellten Knien und über dem Fußboden baumelnden Füßen auf die Kante eines Stuhls.

Er strahlte sie weiter an, und wieder fiel Jerry auf, wie schwächlich sein abstoßendes Gesicht wirkte.

W. T. sah Gale an; seine Augen glitzerten hart und durchdringend unter den weißen Brauen. Clarry Gale jedoch grinste weiter, nicht im mindesten aus der Fassung gebracht durch den kühlen Empfang. Er sah sich beifällig um. »Hübsch und gemütlich haben Sie's hier«, stellte er schließlich fest.

W. T. sagte noch immer nichts, und die unsteten Blicke des Mannes wanderten zum Fenster, durch die die Lichter der Stadt von seinem Platz aus gerade noch zu sehen waren.

»Auffallend schön, dieser Ort«, fuhr er fort, in dem absurden Unterhaltungston, den er sich angewöhnt hatte. »Auffallend schön – die Cot Asür.« Und er schnupperte kräftig.

W. T. streifte die Asche von seiner Zigarette und schaute dann hinüber zu dem unattraktiven Wesen auf dem viel zu hohen Stuhl. »Nun«, sagte er schließlich, »was führen Sie im Schilde, Gale?«

»Im Schilde – wieso im Schilde«? Mr. Gale sah unschuldig aus.

W. T. lächelte leicht. »Welchem Umstand verdanke ich diesen Besuch?« sagte er ernsthaft.

Clarry Gale rutschte auf seinem unbequemen Stuhl herum. »Sie meinen, warum ich gekomm'n bin?«

»Genau.«

Mr. Gale schnupperte wieder, und Jerry fiel auf, wie lang und feucht sein Schnurrbart war – wie bei einem Zugpferd, dachte er sinnend.

»Warum ich gekomm'n bin?« wiederholte Mr. Gale mit heiterer Empörung. »Warum ich gekomm'n bin? Sie sind mir einer – begrüßt man so 'nen alten Freund in ein'm fremd'n Land?«

Jerry wurde allmählich ungeduldig. Der Mann war ihm lästig, und es zuckte ihm in den Armen, ihn hinauszuschmeißen. W. T. jedoch schien das Gespräch in gewisser Weise zu amüsieren, und seine Augen glitzerten, als er wieder etwas sagte.

»Entschuldigen Sie, Gale«, sagte er, »ich habe nicht gleich verstanden. Sie sind nur gekommen, um uns einen freundschaftlichen Besuch zu machen?«

»Ja, stimmt genau«, sagte Mr. Gale, und sein Grinsen kehrte zurück. »Nur einen freundschaftlichen Besuch, wie jeder ihn machten könnte.«

»Wie jeder ihn machen könnte«, wiederholte W. T. mit Befriedigung, und es herrschte Schweigen im Zimmer.

Mr. Gale räusperte sich ein- oder zweimal ermutigend, doch weder W. T. noch Jerry schienen bestrebt, den Wink zu beachten, und nach einer Weile sah er sich genötigt, die Unterhaltung selbst wieder aufzunehmen.

»Geschäftlich hier?« erkundigte er sich schließlich mit übertriebener Gleichgültigkeit.

»Sicher«, sagte W. T., dann herrschte wieder Schweigen.

Mr. Gales Füße pendelten hin und her, und er sah sich vergeblich nach einem Gesprächsthema um. W. T. kam ihm zu Hilfe. »Sind Sie geschäftlich hier, Gale?«

»Ich?« Gale warf dem Kommissar einen mißtrauischen Blick zu, aber W. Ts. Gesicht war gelassen und wohlwollend wie immer. »Nun«, sagte er endlich und zog das Wort in die Länge, bis es eine Erklärung in sich war, »einerseits ja, und andererseits nein, wie *Sie* sagen könnten. Hauptsächlich mach ich hier Urlaub ...«

»O ja?« entgegnete W. T. mit unschuldigem Interesse.

Gale sah ihn zweifelnd an. »Mit meiner Gesundheit stands nich so gut, wissen Sie, und mein Arzt, der hat gesagt: ›Südfrankreich, das is der richtige Platz für Sie, Junge.‹ Und rein zufällig hatte mir'n Freund 'n bißchen Geld vermacht, und nun bin ich hier.«

»Wegen Ihrer Gesundheit?« fragte W. T.

»Warum denn nich?« sagte Mr. Gale.

»Warum nicht?« sagte W. T. ausdruckslos. »Zehn Jahre Zwangsarbeit ist für keinen gesund.«

»Eh?« Mr. Gale blickte scharf auf. »Was wolln Sie damit sagen?«

»Sagen? Nichts. Was sollte ich sagen wollen?«

»Ich weiß nich.« Mr. Gale rutschte unbehaglich auf seinem Stuhl hin und her. »Wir sind doch alle Kumpel hier, oder nich?«

»Ich denke schon.«

»Wie meinen Sie das, ›denke schon‹? Sind wir doch, oder nich? Ich mach Ihnen bloß einen freundschaftlichen Besuch, weil ich zufällig gehört hab, daß Sie hier sind, das is alles, oder nich?«

»Das ist alles«, sagte W. T. und fügte harmlos hinzu: »soviel ich weiß.«

»Und wer spricht von zehn Jahrn Zwangsarbeit?« sagte Mr. Gale, für den die Worte einen unheilvollen Klang hatten.

»Das war nur eine Redewendung«, sagte W. T. ungezwungen. »Ich meinte Ihr Leben im ›Dene‹ in Brandesdon. Das war ziemlich schwere Arbeit, nicht wahr?«

»Es war die Hölle«, sagte Mr. Gale mit Nachdruck. »Das war vielleicht einer, wirklich, nich alle Tassen im Schrank, wenn Sie mich fragen. Die sollt'n sein' Kopf im Krankenhaus ansehn, nachdem er nun schon mal tot ist. War'n schreckliches Leben, was ich bei dem hatte.«

»Ich frage mich, wie Sie das aushalten konnten.« W. T. fragte beiläufig, und Clarry Gale ging beinahe darauf ein. Sein Ausdruck änderte sich, und er öffnete schon den Mund, aber dann fing er sich rechtzeitig und zuckte umständlich mit den Schultern, um sein Schweigen zu bemänteln.

»Es is nich leicht, 'ne Arbeit zu finden, Chef«, sagte er in plötzlich weinerlichem Ton. »Besonders, wenn man so'n Mensch gewesen is, wie ich einer war«, fügte er salbungsvoll hinzu.

»Eh?« sagte W. T.

Clarry Gale nickte tugendhaft. »Ich hab gesagt, wie ich einer *war*«, wiederholte er spitz. »Ich wollte sagen, wir sind doch unter Freunden hier. Sie wissen, was für'n Mensch ich war – hat kein' Zweck, Ihnen was vorzumachen.«

»Nicht den geringsten«, sagte W. T. in höflicher Zweideutigkeit.

»Das is also in Ordnung«, sagte Mr. Gale fröhlich. »Aber wenn ich nun schon mal Urlaub mache und ein' alten Freund in Schwierigkeiten seh, wie man sagen könnte, dachte ich: ›Gehst mal vorbei und hilfst ihm 'n bißchen auf die Sprünge‹, verstehn Sie?«

W. T.s Gesichtsausdruck veränderte sich nicht. »Sehr freundlich von Ihnen, Gale«, sagte er liebenswürdig. »Aber warum nehmen Sie an, ich stecke in Schwierigkeiten, wie Sie es nennen?«

Clarry Gale grinste und blinzelte listig. »Mich können Sie nich reinlegen, Chef«, sagte er. »Ich kenn die Polizei zu gut, so rum oder so rum. Aber das is kein Grund, gekränkt zu sein, oder? Es is nich jedem gegeben, sich in 'ner fremden Stadt schnell zurechtzufinden. Sie hab'n bloß Pech gehabt, das is alles. Aber zufällig bin ich in der Lage, Ihnen grad das bißchen Information zu geben, das Sie brauchen.«

W. T. lächelte immer noch, aber ein leicht verwirrter Ausdruck trat in seine Augen. »Wollen Sie in Ihrem Alter noch Detektiv spielen, Gale?« sagte er. »Wie gefällt Ihnen die Arbeit?«

»Gefällt mir gut. Also, Chef, wieviel is Ihnen die Sache wert?«

In W. T.s Gesicht leuchtete Verstehen auf. »Was ist was wert?« fragte er.

Clarry Gale schüttelte den Kopf.

»Fair play, Chef, fair play«, mahnte er. »Ehrliche Rede – ehrliche Antwort, oder?«

»Doch«, stimmte W. T. zu. »Was für eine Information ist es, die Sie mir verkaufen wollen?«

Gale sah ihn zweifelnd an. »Sie haben 'n Mann noch nie aufs Kreuz gelegt, Chef«, sagte er. »Worauf wolln Sie raus? Sie wissen, daß Sie seit zwei Tagen hier rumhängen und jemand suchen, den Sie bisher nich finden konnten.«

»Oh«, sagte W. T., der allmählich merkte, woher der Wind wehte. »Und was veranlaßt Sie zu der Annahme, daß ich nicht gefunden habe, wonach ich ... hm ... gesucht habe?«

»Na ja, Sie haben mit keinem nich gesprochen, oder?« fragte Gale unbeabsichtigt, und W. T. sah ihn scharf an.

»Woher wissen Sie, daß ich jemanden sprechen will?« fragte er.

Clarry Gale schaute verständnislos zurück. »Warum sollten Sie sonst herkommen?« sagte er. »Ich weiß, hinter was Sie her sind – ich bin nich bekloppt –, und ich hab mir gedacht, ich könnte Ihnen 'n bißchen helfen, das is alles. Zufällig weiß ich nämlich, wo sie sind.«

»Sie – wer sind sie?«

Mr. Gale lehnte sich auf dem hohen Stuhl zurück, so weit er konnte, schob die Hände in die Hosentaschen und versuchte, angewidert auszusehen.

»Also, das is wirklich ein starkes Stück – ein starkes Stück is das«, stellte er fest. »Sie wissen, wen ich mein.«

W. T. schlug die Beine übereinander und verschränkte die Arme. »Gale«, sagte er langsam, »als Sie mich hier entdeckten – ist es Ihnen nie in den Sinn gekommen, daß ich an *Ihnen* interessiert sein könnte?«

»An *mir*?« Mr. Gales Mund öffnete sich, und seine kleinen Frettchenaugen weiteten sich. »An mir?« wiederholte er. »Sie machen Witze, Chef... Gegen mich liegt nichts nich vor. Ich bin seit zehn Jahren sauber, und das stimmt.«

W. T. sagte nichts, und Mr. Gales Stimmung hob sich wieder.

»Mein Alibi war auch in Ordnung, oder?« sagte er.

»Oh, durchaus«, sagte W. T. sanft.

»Na also. Und warum dann der ganze Hokuspokus?« Mr. Gale war gekränkt. »Kommen wir zum Geschäft. Ich kann Ihnen den Namen vom Hotel von den Mädchen nennen, Nummer von ihrer Suite und alles. Was is Ihnen das wert?«

W. T. zögerte. »Dafür gebe ich Ihnen zwei Hundert-Franc-Scheine«, sagte er schließlich.

»Zwanzig verdammte Pfund? Das is nich viel. Wenn ich geahnt hätte, daß Sie nich mehr ausgeben können, Chef, wäre ich gar nich erst gekommen.«

W. T. zuckte mit den Schultern, holte seine Brieftasche hervor und nahm die beiden erwähnten Scheine heraus. »Machen Sie, was Sie wollen«, sagte er.

Gale nahm das Geld mürrisch an sich. »Wenn Sie nich 'n alter Freund wären, würde es anders aussehen, das kann ich Ihnen sagen«, erklärte er, »aber in Erinnerung an die Vergangenheit und all dem, hier haben Sie's.« Er zog einen Briefumschlag aus der Tasche und hielt ihn W. T. entgegen. W. T. warf einen Blick darauf und steckte den Umschlag ein.

Gale bewegte sich auf die Tür zu. »Dann werd ich mal gehen«, sagte er. »Freut mich, daß ich Sie mal wiedergesehen hab und für Sie getan hab, was ich konnte. Wenn Sie mich noch mal brauchen – ich wohn die Straße runter im ›Maison Sud‹.«

»Für längere Zeit?«

»Nein – nur für'n Tag oder so. Bis dann, Chef. Bis dann auch Ihnen, Mister.« Und Clarry Gale marschierte aus dem Zimmer.

Jerry schaute zu seinem Vater, der noch immer mit verschränkten Armen auf seinem Stuhl saß. »Was soll das – zahlen für eine Information, die wir längst haben?«

W. T. zog den Umschlag hervor. »Norah Bayliss und Grace Christensen. Suite Nummer neun. Hotel Magnifique«, las er laut vor.

»Das wissen wir doch schon«, sagte Jerry. »Das heißt, wir wissen das Hotel; die Nummer der Suite brauchen wir nicht.«

W. T. nickte geistesabwesend. Er war jetzt ernst, und die schweren Lider verbargen seine Augen.

»Ich verstehe nicht, worauf du hinaus wolltest«, sagte Jerry beharrlich. »Warum hast du nicht gesagt, ich solle den grinsenden kleinen Heuchler auf die Straße kicken?«

»Jerry, mein lieber Junge«, sagte W. T. sanft. »Du denkst nicht wie ein Detektiv. Gale hat uns ein paar sehr interessante Informationen gegeben. Mißgönne ihm seine Francs nicht.«

»Die Nummer einer Hotelsuite...«, begann Jerry verächtlich.

»Genau«, sagte W. T., »denk nur an die Dinge, die Gale uns mitgeteilt hat. Unabsichtlich vielleicht, aber immerhin mitgeteilt, Tatsachen, die für uns von großem Interesse sind.«

»Das verstehe ich nicht«, sagte Jerry.

W. T. setzte sich auf seinem Stuhl auf und hakte die Punkte an den Fingern ab, während er sprach.

»Als erstes«, sagte er gelassen, »hat er uns mitgeteilt, daß er uns beobachtet. Zweitens, daß er Mrs. Christensen und Norah beobachtet – ihnen wahrscheinlich hierher gefolgt ist. Drittens, daß er mit ihnen in Verbindung steht – daß er mit ihnen spricht, aber nicht bei ihnen angestellt ist...«

»Einen Moment«, unterbrach Jerry ihn. »Ich sehe nicht ganz, wie du das feststellen willst.«

W. T. sah ihn ernst an.

»Er muß mit ihnen sprechen, weil er weiß, daß wir bis jetzt noch keine Unterredung mit Mrs. Christensen hatten, aber andererseits kann er nicht bei ihnen angestellt sein, denn dann würde er nicht versuchen, uns Informationen zu verkaufen, die für ihn den Verlust seiner Arbeit bedeuten ... Ich fürchte, es ist Erpressung. Er weiß etwas.«

»Erpressung? Gale soll Mrs. Christensen erpressen?« Jerry redete sehr schnell. »Das ist unmöglich, Dad – ich meine, dein Argument gilt für beide Seiten. Gale würde nicht zu uns kommen, um uns Informationen zu verkaufen, die bedeuten würden ... bedeuten würden, daß du an Mrs. Christensen rankommst und damit seine Geldquelle zum Versiegen bringst.«

W. T. nickte. »Das stimmt«, sagte er, »aber siehst du, Gale wußte, daß ich Mrs. Christensen früher oder später finden würde – er wollte wissen, wieviel ich weiß, und sich auch vergewissern, daß ich nicht hinter *ihm* her bin. Nebenbei dachte er, er könnte alles mitnehmen, was vor dem Zusammenbruch lief. Ich kenne diese Typen so gut. Sie denken überhaupt nicht voraus. Wahrscheinlich vermutete er, daß ich ihn gesehen hatte, und fragte sich, warum ich mich so ruhig verhielt; Leute mit schlechtem Gewissen werden nervös, Jerry.«

»Erpressung«, wiederholte Jerry, dem die Vorstellung neu war und schrecklich gerade wegen ihrer Wahrscheinlichkeit. »Wenn Mrs. Christensen sich von Gale erpressen läßt, ist es ziemlich sicher, daß sie ... daß sie schuldig ist ... und Norah ... O mein Gott, Dad!«

W. T. schaute hinüber in das verzerrte Gesicht seines Sohnes, und sein eigenes Gesicht wurde weicher. »Den nächsten Zug mache ich«, sagte er.

13

Mrs. Christensens Geheimnis

Als W. T. die steilen, engen Straßen des alten Grenzortes hinunter ging, hätte kein Mensch ihn für einen mit einem Mordfall beschäftigten Kriminalkommissar gehalten.

Er betrachtete die Szene um sich herum mit mildem Interesse. Die intensive Sonne hatte sein Gesicht bereits gebräunt, und es setzte sich dunkel gegen sein weißes Haar ab. Es war noch früh, und die Stadt war rege und geschäftig, die Bewohner eifrig bei der Arbeit, bevor die Mittagssonne jede anstrengende Beschäftigung unmöglich machen würde. Trotzdem herrschte auf dem steinigen Strand schon ein buntes Treiben. Das warme Wasser der Bucht leuchtete strahlendblau, blauer, so schien es, als der Himmel, und so klar, daß W. T. von der Straße aus an den seichten Stellen die Schatten von Schwärmen kleiner Fische sehen konnte. Stunde für Stunde brachten schnittige Autos und altmodische überdachte Kutschwagen vom Bahnhof Neuankömmlinge an diese beliebte Küste.

Mehrere Menschen in der Menge erkannten W. T., und wann immer das geschah, warfen sie einen scharfen Blick auf ihn und bewegten sich hastig weiter. Es waren die Gauner, die sich auf die elegante Gesellschaft spezialisiert hatten, Taschendiebe und Betrüger, weibliche Lockvögel und Falschspieler, die aus jeder Ecke Europas in den Süden gekommen waren. Sie arbeiteten an der ganzen Küste, von Menton zogen sie weiter nach Monte Carlo, von Monte Carlo nach Cannes und Nizza, je nach Saison und eigener Laune.

W. T. sah seiner Aufgabe an diesem Vormittag nicht eben mit Begeisterung entgegen; er schritt mit ernstem Gesicht und entschlossenem Blick auf das Hotel zu.

Das Hôtel Magnifique steht am Ende der Straße, die um die

Bucht führt – kaum fünfhundert Meter von der italienischen Grenze entfernt. Es ist ein riesiges, flaches Gebäude mit Blick auf das Meer, und an beide Enden des Hauptgebäudes schließt sich ein vorspringender Seitenflügel an. In dem so entstandenen Hof befindet sich ein Garten, subtropisch und sehr symmetrisch angelegt, doch hübsch anzusehen in einem Land, in dem es in den Bäumen keine Vögel zu geben scheint, und keine frischen grünen Blätter.

Als W. T. diesen Garten betrat, sah er sie.

Grace Christensen gehörte zu dem Typ hübscher, anmutiger, weiblicher Frauen, die nicht übermäßig gescheit sind. In diesem Augenblick saß sie im Schatten einer Bananenstaude vor dem Eingang zum Hotel. W. T. fiel auf, daß ihre Haltung sich leicht verändert hatte, seit er sie zum letzten Mal in Paris gesehen hatte. Sie war blasser, und obwohl ihre Aufmerksamkeit auf die Zeitung auf ihren Knien gerichtet war und er ihre Augen nicht sehen konnte, entnahm er der Art, wie sie nervös an den Handschuhen auf ihrem Schoß zupfte, daß sie Angst hatte.

»Mrs. Christensen«, sagte er.

Bei dem Geräusch seiner Stimme unterdrückte sie einen leisen Schrei und blickte auf; ihr Gesicht verlor alle Farbe.

W. T. war überrascht. Entweder hatte Mrs. Christensen in Paris eine großartige schauspielerische Leistung geliefert und war jetzt völlig überrumpelt worden, oder sie hatte sich in Paris sicher gefühlt und jetzt Anlaß zu der Vermutung, daß ihre Schuld aufgedeckt worden sei. Es war W. T.s persönliche Meinung, daß die meisten Frauen sich zwar streng an ihre eigenen moralischen Gesetze halten, jedoch sehr häufig überhaupt kein Gefühl für das Recht haben.

»Mr. Challoner?« sagte sie, und ihre Stimme bebte. »Warum sind Sie hergekommen?«

»Gehen wir ein Stück dort entlang«, schlug er vor und zeigte auf die hügelige Straße nach Italien. »Ich möchte mit Ihnen sprechen.«

Mrs. Christensen erhob sich und blieb zögernd stehen; ihr Gesicht war aschfahl, und ihr schlanker Körper schwankte ein wenig.

»Ich ... ich glaube nicht, daß ich gehen kann«, sagte sie endlich, »aber wir haben ein Wohnzimmer. Norah ist weggegangen, und wir würden nicht gestört werden.«

W. T. folgte ihr in das große, halbdunkle Hotel, das so seltsam an das Victoria-und-Albert-Museum erinnerte, und fünf Minuten später saßen sie sich in der rosa-goldenen, überladen dekorierten Lounge in Suite Nr. 9 gegenüber.

In diesen fünf Minuten schien Mrs. Christensen alt geworden zu sein. Um ihren Mund herum und unter ihren großen, tiefblauen Augen waren Falten aufgetaucht. Sie sprach zuerst. »Nun?« sagte sie leise. »Warum sind Sie gekommen?« In ihrer Stimme lag eine gewisse entschlossene Tapferkeit.

»Ich möchte mit Ihnen sprechen«, sagte W. T. vorsichtig. »Es gibt im Zusammenhang mit Eric Crowther einige Dinge, die ich gern wüßte.«

Mrs. Christensen sah ihn entsetzt an. »Ich habe Ihnen alles gesagt, was ich weiß, an dem Tag, als er starb«, entgegnete sie.

W. T. schüttelte den Kopf. »Seien wir ehrlich zueinander«, sagte er. »Die Situation ist schwierig, und ...«

»O ja, das ist sie!« Die Worte schienen aus ihrem Herzen zu kommen, und er hielt inne und sah sie erstaunt an. Weder die Worte noch ihre Stimme klangen nach Schuldgefühlen. Angst war da, doch kein Eingeständnis. »Es ... es tut mir leid; ich hätte Sie nicht unterbrechen sollen«, fuhr sie fort. »Ich werde Ihnen alles sagen, was ich weiß.«

»Alles?« W. T. sah sie durchdringend an. »Ich versichere Ihnen, es ist das Beste, was Sie tun können. Je mehr man weiß, ein um so faireres Urteil kann man sich bilden.«

Mrs. Christensen nickte. »Ich werde Ihnen alles sagen«, wiederholte sie.

»Gut«, sagte W. T. »Dann, denke ich, fangen wir beim Anfang an. Wer war Jack Grey?«

W. T.s Stimme klang beiläufig, aber wenn er den Namen so laut gebrüllt hätte, daß die ganze Welt es hören konnte – die Wirkung auf Mrs. Christensen hätte nicht ungewöhnlicher sein können. Sie sprang von ihrem Sessel auf und wich vor ihm zurück, und ihr Gesicht war zu einer Maske erstarrt, in der nur die Augen zu leben schienen.

»Oh, mein Gott! Mein Gott!« flüsterte sie.

»Sagen Sie es mir«, forderte er sie auf. »Nur die Wahrheit ist jetzt noch wichtig.«

»Oh, wieder... *wieder*!« Die Worte brachen in qualvoller Erschöpfung aus ihr hervor. »Ich dachte, das sei für immer vorbei. Muß ich es schon wieder durchmachen – immer, immer das gleiche? Wird es nie Frieden geben?«

W. T. beugte sich vor, mit ernstem Gesicht und beunruhigten Augen.

»Können Sie das alles nicht erklären, Mrs. Christensen? Verstehen Sie denn nicht – wenn Sie nicht reden, muß ich meine eigenen Schlußfolgerungen aus Ihren Worten ziehen, und ich könnte mich so leicht irren.«

»Mr. Challoner«, sagte Mrs. Christensen, »Sie als Kommissar... Sie können Dinge für sich behalten, wenn Sie wollen, nicht wahr? Ich... ich meine«, fuhr sie hastig fort, »wenn etwas vor langer Zeit geschehen ist und eigentlich gar nichts mit dem... mit dem Verbrechen, das Sie untersuchen, zu tun hat, muß es doch nicht alles herauskommen, oder? Nicht, wenn es keine Hilfe wäre und nur das Leben von jungen Menschen zerstören würde – *junges* Leben?«

W. T. starrte sie an, in Gedanken damit beschäftigt, die losen Fäden zusammenzuweben, die sie ihm gegeben hatte, und plötzlich dämmerte es ihm.

»Mrs. Christensen«, sagte er, »Ihr Kind... ist nicht das Kind Ihres Mannes. Jack Grey war...«

»Mein Geliebter.« Die beiden Worte brachen in einem Flüstern aus ihr hervor, und sie beugte den Kopf über die Hände.

W. T. saß schweigend da, und die Situation erschien ihm mit jedem Augenblick klarer.

»Ich verstehe«, sagte er. »Ihr Mann weiß es nicht?«

Sie schüttelte den Kopf. »Nein. Muß er es jetzt erfahren? Muß es schließlich doch alles herauskommen?« Sie begann wieder, hysterisch zu werden, und W. T. redete beruhigend auf sie ein.

»Ich werde alles in meiner Macht Stehende tun, um das zu verhindern«, sagte er. »Wenn Sie mir alles erzählen, bin ich überzeugt, daß sich das einrichten lassen wird.«

»Versprechen Sie es?«

»Ich verspreche es.«

Mrs. Christensen heftete ihre Blicke auf ihn.

»Es war nicht recht, aber es war verständlich«, begann sie leise. »Und wenn dieser Teufel Crowther nicht gewesen wäre, hätte nie jemand etwas erfahren. Sehen Sie, Jack und ich hatten uns schon als Kinder gern; wir wohnten nahe beieinander, und als wir heranwuchsen, verliebten wir uns ineinander...« Sie machte eine Pause, und durch die Fenster trug der warme Wind das Lachen der eleganten Menge draußen und den Duft von Parfüm herein.

»Sein Vater starb, als Jack gerade die Schule verlassen hatte«, fuhr sie fort. »Der alte Herr war sehr exzentrisch; er beschäftigte sich mit dem Studium des menschlichen Gehirns, und er bewunderte Crowthers Arbeit – Crowther war außerordentlich gescheit. Der alte Professor Grey hatte niemanden, den er als Vormund für Jack benennen konnte, und als er wußte, daß er im Sterben lag, schrieb er an Crowther und fragte ihn, ob er als Wissenschaftler-Kollege die Aufgabe übernehmen würde. Zu jedermanns Erstaunen willigte Crowther ein.«

Wieder schwieg sie, und W. T. nickte ihr ermutigend zu.

»Crowther war von Anfang an gegen eine Ehe zwischen uns«, fuhr sie fort; ihre Stimme klang sehr leise und unsagbar traurig in dem sonnendurchfluteten Zimmer. »Wir waren so verliebt und so jung. Wir waren auch sehr hilflos. Vor dem Krieg hatten Eltern und Vormunde mehr Macht als heute.« Sie seufzte, und W. T. wunderte sich, daß sie dies alles so wirklich und so traurig finden konnte, wenn ihr Kopf schon fast in der Schlinge steckte. Der Mord war in ihren Augen ganz unwichtig.

»So brachte er uns auseinander«, sagte Mrs. Christensen plötzlich. »Er war ein sonderbarer Mensch, Mr. Challoner. Er schien ... er schien Freude daran zu haben, als wüßte er, wie sehr er uns verletzte – und er tat es gern.«

W. T. nickte verständnisvoll, und Mrs. Christensen fuhr fort: »Es brach mir das Herz«, sagte sie schlicht. »Ich hatte das Gefühl, meine Welt sei am Ende, alles Gute habe das Leben verlassen. Zu Hause war ich unglücklich, nichts schien wichtig zu sein. Dann tauchte Roger auf. Er machte mir einen Heiratsantrag, und ich heiratete ihn. Er war damals stark, wissen Sie, und er sah sehr gut aus. Er war sehr lieb zu mir.« Wieder wurde ihre Stimme leiser, und W. T. sah die mitleiderregende kleine Geschichte allmählich als ein Ganzes.

»Das war vor etwas über sechs Jahren?« fragte er.

Mrs. Christensen nickte. »Näher an sieben. Wir zogen nach Brandesdon in das White Cottage. Ich war fest entschlossen, Jack zu vergessen, ich wollte Roger eine gute Frau sein, er war so gut zu mir gewesen ... und dann ... fand er mich.«

»Wer? Jack?«

Sie schüttelte den Kopf.

»Nein. Ich glaube nicht, daß Jack das getan hätte. Ich meinte Crowther.« Ein Ausdruck äußersten Abscheus trat in ihr Gesicht, und wieder staunte W. T., daß sie selbst sich so bloßstellte. »Crowther nahm das ›Dene‹, weil wir das White Cottage hatten«, sagte sie. »Sie mögen mich für verrückt halten, daß ich das sage, aber ich bin mir völlig sicher ... er war so – erstaunlich klug in einigen Dingen, erstaunlich kleinlich und grausam in anderen. Er zog dort ein, und er brachte Jack mit. Das war Anfang des Krieges.«

Im Zimmer herrschte Schweigen, und W. T., der einiges von dem, was sie empfand, ahnte, sagte nichts.

»Wir hielten lange durch«, sagte Mrs. Christensen endlich. »Wir waren sehr brav. Crowther beobachtete uns, machte Roger gegenüber Andeutungen, aber Roger vertraute mir; das war es, glaube ich, warum ich ihm treu blieb ... bis ...« Sie machte eine Pause und sprach dann in leisem, aufgewühltem Flüsterton weiter, während sie im Sessel vor- und zurückschaukelte, als wolle sie ihre Nerven beruhigen und vermeiden, in Tränen auszubrechen. »Es war das letzte Mal, daß ich ihn sah«, begann sie von neuem. »Roger war am Tag davor mit seinem Regiment an die Front gegangen, und ich war mit Estah allein im Haus, als ich plötzlich Jack durch den Garten kommen sah. Er war für den nächsten Tag nach Frankreich kommandiert und wollte sich verabschieden.«

Sie begann, leise vor sich hinzuweinen.

»Ich kann Ihnen nicht sagen, was geschah«, erklärte sie und sah plötzlich auf. »Ich wußte nur, daß ich ihn liebte und daß mir alles andere gleichgültig war, außer daß er fortging. Wir gehörten einfach zueinander, niemand sonst spielte eine Rolle.« Wieder verstummte sie, und W. T. ließ sie schweigen, bis sie von sich aus weitersprach.

»Am nächsten Morgen«, sagte sie endlich, »ging er zurück ins ›Dene‹, und bevor er abfuhr, ließ er Crowther schwören, daß er sich um mich kümmern würde, was ihm auch geschehen mochte ... Ihm war nicht klar, *was* er Crowther da sagte. Dann ging er. Ich habe ihn nie wiedergesehen. Drei Tage nach der Landung fiel er.«

W. T. sah sie freundlich an.

»Und dann?« fragte er sanft.

»Dann«, sagte sie, so leise, daß er sie kaum hörte, »dann kam Roger zurück, verkrüppelt, wie Sie ihn heute sehen. Es war schrecklich für ihn. Er war immer so stark gewesen, ein begeisterter Reiter und Sportler. Ich glaube, er wäre gestorben, wenn nicht das Baby dagewesen wäre – er war so stolz auf das Kind, so froh, daß es da war. Ich ... ich konnte es ihm nicht sagen, oder? Oder?«

W. T. schüttelte den Kopf.

»Haben Sie Ihren Mann gern?«

»Ich bete ihn an«, sagte Mrs. Christensen schlicht. »Sie können sich nicht vorstellen, wie geduldig er ist, wie wundervoll, wie gut zu mir. Ich hatte das nicht erkannt, bevor er verwundet zurückkam. Aber, sehen Sie, von da an ist mein Leben eine Hölle gewesen – Crowther wußte Bescheid.«

W. T. stand auf und ging im Zimmer hin und her. Er sah die Geschichte jetzt klar vor sich, und wider Willen war er gerührt.

»Er wußte Bescheid«, wiederholte er. »Er übte Druck auf Sie aus?«

»Ständig! ... Tag und Nacht keine Ruhe. Er machte mir angst, bis ich vor Entsetzen hysterisch war, dann freute er sich hämisch. Oh, wie ich mich danach sehnte und darum betete zu sterben! Aber selbst davor hatte ich Angst. Welche Chancen würde mein armes Baby haben, wenn ein Mann dieser Art das Geheimnis ihrer Geburt kannte? Solange ich lebte, würde Crowther sich damit zufrieden geben, mich zu peinigen.«

W. T. fuhr sich durch das Haar.

In seinen Augen war der schrecklichste Teil der Geschichte, daß sie die Schlinge um den Hals von Mrs. Christensen legte; ihre Darstellung lieferte genau die Sorte von Motiv, das die Geschworenen verstehen würden.

Die nächste Äußerung von Mrs. Christensen verblüffte ihn nicht unbeträchtlich.

»Oh«, sagte sie unwillkürlich, und Erleichterung klang aus ihrer Stimme, »ich war wirklich froh, als ich wußte, daß er tot war.«

»Meine liebe Dame ...« setzte er an.

»Sie verstehen nicht«, sagte sie rasch. »Er machte für den ganzen Haushalt das Leben zur Hölle. Er machte alle rasend ...«

»Estah wußte natürlich Bescheid?« fragte W. T., der sich plötzlich an die Haltung der alten Frau erinnerte.

»O ja, natürlich.«

»Und Norah?«

Bei der Erwähnung des Namens ihrer Schwester wurde Mrs. Christensen merklich steifer, und W. T. spürte, daß eine neue Barriere der Zurückhaltung gegen ihn errichtet wurde.

»Nein«, sagte sie steif und verstummte.

W. T. war verblüfft. Gab es ein weiteres Geheimnis? Und warum war Mrs. Christensen jetzt nicht starr vor Schreck? Sie war auf der Hut, defensiv. Aber seit er ihr versichert hatte, daß ihr Geheimnis nicht ans Licht kommen werde, schien sie fast ruhig, nicht wie eine Frau, die Todesängste ausstand.

»Um etwas wurde Crowther betrogen«, sagte sie, und die Spur eines Lächelns lag um ihren Mund. »Als Jack gefallen war, sagte Crowther mir, daß er ein Testament zu meinen Gunsten gemacht habe, doch wenn es jemals vollstreckt würde, würde Verdacht auf mich und mein Kind fallen. Aber er hat es nicht deutlich genug ausgedrückt; es ist niemandem aufgefallen.«

»›*Der es zusteht*‹?« fragte W. T.

Mrs. Christensen sah ihn scharf an. »Ja, das war der Wortlaut«, sagte sie. »Woher kennen Sie ihn?«

W. T. antwortete nicht, aber seine Augen sahen beunruhigt aus. »Mrs. Christensen«, sagte er schließlich, »warum waren Sie so außer Fassung, als Sie mich heute morgen sahen?«

Mrs. Christensen schüttelte nervös den Kopf. »Das ... das war ich nicht. Ich war überrascht, Sie zu sehen, das ist alles.«

»Das ist nicht wahr«, sagte W. T. sanft. »Wir sind übereingekommen, fair miteinander umzugehen, nicht wahr? Sie waren offen und hilfreich, aber jetzt verbergen Sie etwas. Warum hatten Sie Angst vor mir?«

»Das hatte ich nicht; ich war nur überrascht.«

W. T. seufzte und versuchte es anders. »Übrigens«, fragte er beiläufig, beobachtete sie aber gleichzeitig scharf, »haben Sie Clarry Gale getroffen?«

Mrs. Christensen zog die Augenbrauen hoch. »Ich habe den Namen noch nie gehört«, sagte sie.

W. T.s Augen verengten sich. »Manchmal nennt er sich William Lace.«

Der Pfeil hatte ins Schwarze getroffen. Mrs. Christensen setzte sich steif in ihrem Sessel auf, alle Muskeln angespannt, und die Augen voller Angst. »Nein«, sagte sie, und ihre Stimme zeigte, daß sie eine schlechte Schauspielerin war.

W. T. runzelte die Stirn. »Wußten Sie, daß er in Menton ist?«

»Nein.« Wieder war keine Überraschung in ihrer Stimme, nur Trotz.

W. T. war verwirrt. Wenn Mrs. Christensen keine Schauspielerin war, benahm sie sich gewiß nicht so, als sei sie schuldig. Sie verbarg etwas, und sie war besorgt, aber irgend etwas fehlte. Und doch mußte sie es getan haben, sagte er sich. Alle Beweise sprachen gegen sie. Es gab ein Motiv, es gab eine Gelegenheit, und doch ... und doch – wenn sie Crowther erschossen hatte, warum lief sie dann durch die Terrassentür wieder hinaus, so daß Cellini hereinkommen und die Leiche bestehlen konnte, bevor sie zurück durch das Zimmer stürzte und Alarm schlug?

W. T. musterte sie, wie sie mit hoch erhobenem Kopf vor ihm saß, die Augen verängstigt wie die eines Fohlens, und er fragte sich ...

»Mrs. Christensen«, sagte er bittend, »wollen Sie mir nicht alles, was Sie wissen, erzählen?«

»Das habe ich – was noch kann ich Ihnen erzählen?«

»Wer hat Crowther erschossen?«

»Ich weiß es nicht.« Wieder war er beeindruckt von ihrer seltsamen Unfähigkeit zu lügen. Sie wußte es also ...

»Waren *Sie* es?« fragte W. T. langsam.

»Ich? Natürlich nicht.« Es lag keine Furcht in ihrer Stimme, keine Überraschung. Sie lachte ihn ganz natürlich an.

W. T. fand sie erstaunlich, und er war auch verwirrt. Das Ende des Rätsels war noch nicht in Sicht.

»Mrs. Christensen«, sagte er freundlich, »ich muß Sie bitten, diese Stadt nicht zu verlassen, ohne sich mit mir in Verbindung zu setzen ... das ist nur eine Vorsichtsmaßnahme, Sie verstehen?«

»Oh, natürlich«, sagte sie in einem Ton, der ihm zeigte, daß sie es nicht verstand. »Mr. Challoner, Sie denken an Ihr Versprechen, an mein Geheimnis?«

Er sah sie geistesabwesend an; seine Gedanken waren bei dem Verbrechen.

»Mein Baby«, sagte sie hilflos. »Sie haben es versprochen.«

»Ich werde mein Wort halten«, versicherte er ihr ernst.

Auf seinem Weg die Treppe hinunter wunderte er sich von neuem. »Keinen Sinn für Proportionen«, sagte er. »Nicht den geringsten ... Jetzt frage ich mich ...«

14

Der Erpresser

Als W. T. nach seinem Gespräch mit Mrs. Christensen zum Hotel zurückging, stand die Sonne hoch am Himmel, die Hitze ergoß sich auf die engen verlassenen Straßen wie eine Gottesgeißel. W. T. jedoch schritt rasch aus, ohne es zur Notiz zu nehmen. Er schaute geradeaus, und seine Stirn war gerunzelt.

Wenn Mrs. Christensen zur Zeit des Mordes die einzige Person im White Cottage mit einem Motiv und der Gelegenheit gewesen wäre, Crowther zu töten, hätte er jetzt nicht den geringsten Zweifel an ihrer Schuld, aber sie war keineswegs die einzige Person gewesen. Es gab genügend Indizienbeweise, um fast jeden im Haushalt zu verhaften, doch keinerlei eindeutige Beweise.

Es war nicht angenehm gewesen, über die Cellini-Angelegenheit Bericht zu erstatten, und seinem Stolz zuliebe war er nicht versessen darauf, die gleiche Erfahrung noch einmal zu machen. Unbewußt widerstrebte es ihm auch, Mrs. Christensen für eine Mörderin zu halten. Wenn sie es doch war, widersprach ihr Verhalten all seinen Theorien. Mehr als alles andere verwirrte ihn die Tatsache, daß sie zu wissen schien – oder zu glauben, daß sie es wußte –, wer der wirkliche Täter war.

»Nein«, sagte er endlich leise. »Nein, sie muß mir etwas vorgespielt haben, versucht haben, mich von der Spur abzulenken; sie muß die Täterin sein.«

W. T. befand sich in keiner beneidenswerten Gemütsverfassung, als er endlich das Hotel betrat und Ausschau nach Jerry hielt. Er war nirgends zu sehen, und W. T. war schon im Begriff, nach oben in sein Zimmer zu gehen, als seine Blicke auf ein Mädchen fielen, das in der Nähe eines der Fenster zur Straße saß. Es war Norah.

Im gleichen Moment, als er sie entdeckte, wandte sie sich um, sah ihn, sprang auf und kam eilends durch die Halle. »Oh, Mr. Challoner«, sagte sie dankbar, »ich bin so froh, daß Sie da sind. Ich mache mir solche Sorgen wegen Jerry.«

»Wegen Jerry? Wo ist Jerry?«

»Das ist es ja«, sagte das Mädchen. »Ich weiß es nicht. Ich habe ihm etwas über diesen schrecklichen Lacy erzählt, und er wurde wahnsinnig wütend; er sagte: ›Warte, bis ich zurückkomme‹ und stürzte aus dem Hotel. Das war vor zwei Stunden.«

W. T. sah leicht benommen auf das Mädchen hinunter. »Setzen wir uns«, sagte er. »Und dann schlage ich vor, daß Sie mir die ganze Geschichte erzählen.«

Norah nickte bereitwillig und setzte sich ihm gegenüber an einen Tisch in einer verlassenen Ecke der Halle.

Sie war offensichtlich bestrebt, über Jerry zu sprechen, und W. T. wurde klar, daß sie in seinen Sohn verliebt war.

»Also es war so«, begann das Mädchen, »ich war beunruhigt, darum wandte ich mich an Jerry.«

›Genau der Richtige!‹ war W. T.s stummer innerer Kommentar, während er nach außen lächelte und nickte. Dann jedoch runzelte er die Stirn. »Sie *wandten* sich an Jerry?« sagte er. »Woher wußten Sie, wo er war?«

Das Mädchen seufzte.

»Ich erzähle Ihnen die ganze Geschichte, wenn Sie mich nur reden lassen«, sagte sie. »Sehen Sie, es kam so. Seitdem wir hier sind, hat uns dieser schreckliche Dienermensch von Mr. Crowther belästigt – William Lacy. Er machte uns am Tag unserer Ankunft einen Besuch und wollte meine Schwester allein sprechen. Ich wollte ihn wegschicken, aber Grace sagte, sie würde mit ihm reden. Das tat sie auch, und seitdem kommt er ständig. Ich kann ihn nicht loswerden. Grace läßt es nicht zu, daß ich ihn vom Hotelpersonal rauswerfen lasse... sie scheint Angst vor ihm zu haben.« Norah machte eine Pause und sah W. T. voller Zweifel an. »Er macht das Leben für uns unerträglich, und die arme Grace wird immer nervöser. Ich hatte das Gefühl, es müsse etwas unternommen werden.«

»Ich verstehe«, sagte W. T. freundlich. »Aber das ist keine Antwort auf meine Frage, oder? Woher wußten Sie, wo Jerry zu finden war?«

»Oh, das hat Lacy uns gesagt, das heißt, er hat es Grace gesagt. Ich habe mich gefragt, warum Sie uns nicht erzählt haben, daß Sie hierherkommen würden, als wir in Paris waren.«

»Lacy hat es Ihrer Schwester erzählt, ja? Wissen Sie, was noch er ihr erzählt hat?«

»Nein, sie wollte es mir nicht sagen.« Norah krauste die Stirn. »Es ist etwas, was sie beunruhigt. Ich kann mir nicht vorstellen, was es ist. Verstehen Sie, Mr. Challoner, seit Lacys erstem Besuch ist Grace so sonderbar – irgendwie reserviert und verschlossen. Ich kann nichts aus ihr herausbekommen, und Lacy kam so oft und verhielt sich so unerfreulich, daß ich fand, ich müsse etwas unternehmen, um ihn loszuwerden. Ich konnte ihn nicht selbst hinauswerfen, und so mußte ich zu Jerry gehen.«

»Ja?« sagte W. T.

Norah sah ihn an. »Ich bin einfach hergekommen«, sagte sie, »und habe ihm alles erzählt, und er stürzte aus dem Hotel und brüllte, ich solle auf ihn warten.«

W. T. nickte. »Haben Sie Jerry genau das gleiche wie mir erzählt?«

»Ja.«

»Und worum haben Sie ihn gebeten?«

Norah schaute ihn an, erstaunt über seine Begriffsstutzigkeit.

»Ich brauchte ihn nicht um etwas zu bitten«, sagte sie. »Ich habe ihm einfach erklärt, daß der Mann uns belästige ...«

»Und Jerry stürzte davon, um ihm den Kopf abzureißen, nehme ich an?« sagte W. T. ernst.

»Vermutlich«, sagte sie, ebenso ernst, und fügte, plötzlich wieder besorgt, hinzu: »Aber er ist noch nicht zurückgekommen.«

W. T. erhob sich. »Ich gehe hinunter und sehe mir an, was da vor sich geht«, sagte er.

»Würden Sie das tun? Soll ich mitkommen?«

»Nein, ich glaube nicht.« W. T. schüttelte den Kopf. »Warten Sie hier auf uns. Jerry ist okay«, fügte er freundlicher hinzu. »Machen Sie sich keine Sorgen. Er hat schon mit schlimmeren Leuten als Lacy zu tun gehabt. Wir sind bald zurück.«

»Alberner Dummkopf!« sagte W. T. unwirsch vor sich hin, während er die Stufen vom Hotel zur Straße hinunterging. »Alberner junger Dummkopf – als wären die Dinge nicht schon kompliziert genug... Das Geheimnis zwischen Mrs. Christensen und Gale scheint allerdings ziemlich offensichtlich... vielleicht hat er eindeutige Beweise gegen sie. Nun, wir werden sehen, wir werden sehen.«

Er ging mit langen Schritten die Straße hinunter, noch immer vor sich hin murmelnd, bis er vor dem wenig einnehmenden Eingang zum Hotel und Café »Maison Sud« stehenblieb.

Es war ein mittelmäßiges kleines Hotel, nicht übermäßig sauber, doch die Vorderseite sah freundlich genug aus, mit der Doppeltür und gestreiften Markisen über den beiden Fenstern, vor denen auf dem Gehweg Tische und Stühle standen. Zu dieser Tageszeit saß jedoch niemand draußen. Es war sehr heiß, und die Stadtbewohner zogen es vor, in den Häusern zu bleiben.

W. T. betrat die eine Stufe, die ins Café führte.

Ein dunkelhäutiger Kellner, an dem das einzig Bemerkenswerte ein prächtiger Schnurrbart war, schlurfte heran und fragte nach den Wünschen Monsieurs.

W. T. fragte nach William Lacy, in der Annahme, daß Gale nicht seinen eigenen Namen benutzen würde, wenn es sich vermeiden ließ.

Ja, er sei zu Hause. Wenn Monsieur die Treppe hinaufgehe, würde er die Tür an der linken Seite finden. Es sei Zimmer Nummer 3.

W. T. ging hinauf. Die Treppe befand sich am anderen Ende des Cafés, und als W. T. oben ankam, hörte er ein Geräusch, das man im Café nicht hatte hören können. Es war ein ungewöhnliches Geräusch, eine Art Heulton, sehr dünn und von eigentümlicher Wirkung auf den Zuhörer. W. T. erkannte es sofort. Es war die Stimme eines Mannes, der fluchte und vor Wut schrie, während jemand seinen Hals umklammerte.

W. T. lief den Flur hinunter und kickte die Tür von Nummer 3 auf.

Das Heulen brach ab, als er das Zimmer betrat, statt dessen ertönte ein tiefes keuchendes Atmen. Im Zimmer herrschte ein wildes Durcheinander. Das Bett, das den größten Teil des Platzes einnahm, war zusammengebrochen, so daß Kopf- und Fußende aneinanderstießen und ein Zelt bildeten, unter dem ein Wirrwarr von Bettzeug, Federn und Blutflecken hervorsah.

»Jerry!« sagte W. T. scharf.

»Bist du das, Dad?« Jerrys Stimme ertönte fröhlich aus den Trümmern. »Dieses kleine Schwein ist mit einem Rasiermesser auf mich losgegangen, und so hatten wir eine kleine Auseinandersetzung. Ich habe ihn am Hals gepackt, aber ich habe so viel Blut verloren, daß ich nicht die Kraft habe, mich aus dieser verdammten Eisenwarenhandlung zu befreien. Hilf mir ein bißchen, ja?«

W. T. trat vor und zog, ohne sich besonders anzustrengen, die metallenen Bettenden auseinander und befreite die beiden darunter.

Jerry war blutüberströmt von einem Schnitt mit dem Rasiermesser, der der Linie seines Backenknochens folgte, doch in heiterer Stimmung und offensichtlich sehr zufrieden mit sich. Clarry Gale andererseits war nicht so fröhlich. Er hatte praktisch keinen Atem mehr, und als er wieder atmen konnte, begann er zu fluchen.

»Halt die Klappe!« sagte Jerry zu ihm.

W. T. sah seinen Sohn an. »Was soll das alles?« fragte er.

Jerry, der versuchte, das Blut in seinem Gesicht mit einem Handtuch und kaltem Wasser zu stillen, antwortete bereitwillig. »Jedenfalls habe ich ihn«, sagte er.

»Hast wen?«

»Na ja, das, was dieses kleine Schwein hier Mrs. Christensen verkaufen wollte – ein alter Liebesbrief, glaube ich. Norah hat dich hergeschickt, nehme ich an?«

W. T. nickte, und Jerry fuhr munter fort: »Sie kam zu mir. Diese kleine Ratte hat das Leben ihrer Schwester zur Hölle gemacht. Ich vermutete, daß es Erpressung war, darum ging ich hierher. Er war nicht da, und ich wartete auf ihn. Als er kam, habe ich ihm das auf den Kopf zugesagt, und er wurde ausfällig und behauptete, ich sei hergekommen, um irgendeinen Brief für dich zu beschaffen, ohne dafür zu zahlen. Das brachte mich natürlich sofort auf die Spur. Ich trieb den Brief oder was es auch sein mag auf, und der kleine Lümmel ging plötzlich mit dem Rasiermesser auf mich los, und so kam es zu der Situation, in der du uns angetroffen hast.«

»Oh«, sagte W. T. trocken. »Wo ist der Brief?«

Jerry zog ein zerknittertes Blatt Papier hervor und reichte es W. T. Als er es so nahe vor sich sah, stürzte Clarry Gale sich vor, vor ohnmächtiger Wut knurrend. Jerry zerrte ihn wortlos am Kragen zurück.

W. T. entfaltete den Bogen Briefpapier, und Jerry widmete sich wieder seiner Wunde.

Einige Minuten war es still im Zimmer, das Murren von Mr. Gale ausgenommen, dann drehte Jerry sich um.

»Also«, begann er, doch als er das Gesicht seines Vaters sah, fügte er hinzu: »Hallo, was ist denn?«

Der Kommissar starrte mit vor Erstaunen gerötetem Gesicht auf den Brief in seiner Hand.

»Das überrascht Sie nich wenig, was?« sagte Mr. Gale in seiner Ecke, und sein Interesse an der Situation ließ ihn etwas von seiner Empörung vergessen. »Das hab ich die ganze Zeit gewußt, ja, das war schon immer meine Idee.«

»Hier, was soll das alles?« Jerry trat vor, das Handtuch noch immer an das Gesicht gepreßt. Er stellte sich hinter seinen Vater und versuchte, über dessen Schulter hinweg den Brief zu lesen, aber W. T. faltete ihn hastig zusammen. Jerry starrte seinen Vater an. »Was soll das?« fragte er.

Clarry Gale lachte. »Machen Sie schon, zeigen Sie ihm den Brief – er is in sie verknallt, nich? Wird ihm guttun und ihn lernen, sich nich in die Angelegenheiten anderer Leute einzumischen.«

Jerry schaute von Gale zu seinem Vater, plötzlich voll böser Vorahnungen. »Was steht in dem Brief?« fragte er.

W. T. seufzte und reichte ihm wortlos den Brief.

Jerry las ihn durch, und während er las, veränderte sich sein Gesicht.

Lieber Mr. Crowther, lassen Sie mich bitte in Ruhe. Ich liebe Sie nicht. Ich mag Sie nicht einmal, und ich will Ihre Aufmerksamkeiten nicht. Ich schicke Ihnen den Schal zurück; natürlich kann ich ihn nicht annehmen. Betrachten Sie das bitte als endgültig. Ihre fortgesetzten Bemühungen, mich bei jeder Gelegenheit zu umwerben, sind mir lästig bis an den Rand des Wahnsinns. Wenn Sie mich nicht in Ruhe lassen, werde ich etwas wirklich Schreckliches tun – ich warne Sie. Ihnen scheint nicht klar zu sein, daß Sie es nicht mit einer ängstlichen Jungfer aus der viktorianischen Zeit zu tun haben.

Norah Bayliss

Das Datum des Briefes war der 2. September – drei Tage vor dem Mord.

»Mein Gott!« sagte Jerry mit schwacher Stimme und setzte sich auf den einzigen Stuhl im Zimmer.

Mr. Gale lachte.

»Das isses, wofür Sie gekämpft haben, mein Bürschchen«, sagte er. »Das hat Sie ganz schön umgehaun, was? Festgestellt, daß Ihre kostbare Lady nich alles is, was sie sein könnte ...« Weiter kam er nicht. W. T. machte einen Satz, um Jerry zurückzuhalten, aber es war zu spät. Jerry sprang von seinem Stuhl auf, und ein einziger Schlag beförderte Mr. Gale auf den Boden, wo er heulend und wütend gestikulierend liegenblieb. Jerry setzte sich wieder.

»Das ist natürlich absurd«, sagte er und hielt den Brief hoch, »absurd als Beweismaterial, meine ich. Sie muß ihn geschrieben haben, als sie zornig war, und ihr war gar nicht klar, wie sich das anhört.«

W. T. nickte.

»Natürlich«, sagte er. »Natürlich. Aber es muß überprüft werden, Jerry. Wenn Gale diesen Brief benutzt hat, um Mrs. Christensen zu erpressen, ergibt sich eine sehr interessante Frage. Kommen Sie her, Gale.«

Der Ex-Einbrecher erhob sich mürrisch und brummend.

»Das soll'n Urlaub sein?« sagte er bitter und stand dort in den Fetzen seines leuchtendblauen Anzugs, das Gesicht noch bleicher als vorher, das Haar auf dem schmalen Kopf in dünnen Büscheln hochstehend. »Das soll'n Urlaub sein? ... Is das 'ne Art, 'nen armen Burschen zu behandeln, der wegen seine Gesundheit nach Südfrankreich gekommen is? 'n richtiges Honigschlecken, was? Is'n Mensch denn nirgens mehr sicher vor der Polizei?«

»Das hängt nur von den Gewohnheiten des Menschen ab«, sagte W. T. freundlich. »Jetzt setzen Sie sich, das Stück vom Bett da sieht ziemlich stabil aus. Ich möchte mit Ihnen reden.«

»Fällt mir nich ein, was zu sagen«, erwiderte Gale in einem Ton, der einerseits schmollend, andererseits herausfordernd war. »Sie können mich nich zwingen. Es liegt nichts gegen mich nich vor, und ich werd gegen den jungen Kerl da Anzeige wegen gewalttätigen Angriff erstatten.«

»Das würde ich nicht tun, Gale, und an Ihrer Stelle würde ich reden.« W. T. sprach ruhig, aber in seiner Stimme lag eine Eindringlichkeit, die den alten Gauner scharf aufblicken ließ.

»Was woll'n Sie damit sagen?« fragte er mißtrauisch.

W. T. sah ihn gelassen an.

»Ich bin hier, um in einem Mordfall zu ermitteln, wie Sie wissen, Gale«, sagte er, »aber das bedeutet nicht, daß ich blind gegenüber allen anderen Verbrechen bin, auf die ich während meiner Nachforschungen vielleicht stoße. Erpressung wird schwer bestraft, wie Sie wissen.«

»Ich versteh nich, was Sie woll'n«, sagte Mr. Gale in dem gleichen mürrischen Ton wie vorher.

W. T.s Augen verengten sich. »Gale«, sagte er, »Sie werden reden, um Ihretwillen ebenso wie um jedermanns willen. Jetzt raus damit. Sagen Sie mir alles, was Sie über diesen Brief wissen.«

»Das tu ich nich ... Moment mal, Chef. Sie haben nich das Recht, mich so auszufragen. Ich hab zehn Jahr lang keine krummen Sachen gedreht, zehn Jahr. Sie haben nich das Recht, mich zu zwingen, was zu sagen.«

»Zehn Jahre Ehrlichkeit scheinen Ihnen den Kopf verdreht zu haben«, sagte W. T., nicht unfreundlich. »Es mag ein Wunder sein, aber Sie sollten sich davon nicht verwirren lassen. Woher haben Sie den Brief?«

»Ich habe ihn gefunden.«

»Wo?«

»Chef, ich werd nich ...«

»Wo?« Etwas in W. T.s Stimme duldete keine Auseinandersetzung, und Gale gab nach.

»In Crowthers Schreibtisch.«

»Als er schon tot war?«

»Ja.«

»Sie erkannten, daß der Brief wertvoll sein könnte, und so folgten Sie Mrs. Christensen und Miss Bayliss hierher, um sie zu erpressen?«

»Nich so eilig, Chef, nich so eilig. Mir Wörter in'n Mund legen – ich *bitte* Sie«, sagte Gale, und etwas von seinem Schwung kehrte zurück.

W. T. zuckte mit den Schultern.

»Sie können genausogut gleich die Wahrheit sagen, Gale – es würde eine Menge Zeit sparen«, sagte er bedeutungsvoll. »Sie folgten Mrs. Christensen und Norah nach Menton, weil Sie dachten, der Brief könnte Geld bedeuten. Sie können es ebensogut zugeben.«

»Na ja«, sagte Mr. Gale, »ich dachte, vielleicht wollte sie ihn gern *haben*, wissen Sie – wäre nich gut, so'n Brief rumliegen zu haben, wenn die Anwälte aufräumen, oder?«

W. T. lächelte verächtlich. »Und darum haben Sie den ganzen Weg hierher auf sich genommen, nur um den Brief zurückzugeben. Das war nett von Ihnen, Gale.«

Gale rutschte nervös hin und her. »Ich wußte, daß die Dame mich das nich aus der eigenen Tasche zahlen lassen würde«, murmelte er.

»Genau«, sagte W. T. »Und Sie suchten sie während der letzten zwei oder drei Tage ständig auf, um sich wegen der Ausgaben zu arrangieren, nehme ich an.«

Clarry Gale nickte.

»Also, ja«, sagte er. »In gewisser Weise ja.«

»Und in gewisser Weise nein«, bellte W. T. »Was tat der Brief hier, nachdem Sie die Dame schon so oft aufgesucht hatten?«

»Na ja, Chef« – Mr. Gale sah gekränkt aus – »Sie erwarten doch nich, daß ich mich von dem Brief trenne, bevor wir zu einer befriedigenden Regelung gekommen sind?«

W. T. schnaubte wütend.

»Mit anderen Worten, Sie haben Sie erpreßt«, sagte er. »Das bringt heute zehn Jahre, Gale.«

»Gott! Haben Sie'n Herz!« Der alte Gauner begann wieder zu wimmern. »Ich hab zehn Jahr lang keine krummen Sachen nich gedreht, zehn Jahr lang, und ...«

»Wenn Sie die zehn Jahre noch einmal erwähnen, Gale, werde ich allmählich daran zweifeln«, sagte W. T. »Was war mit Mrs. Phail in dem Feering-Park-Crescent-Fall?«

»Chef!«

Clarry Gales Gesicht, zu keinem Zeitpunkt ein anziehender Anblick, sah schrecklich aus. Die stets bleiche Haut wirkte jetzt grünlich, und die kleinen rotumränderten Augen stierten entsetzt. W. T. lachte kurz auf.

»Damit wollen wir uns jetzt nicht befassen«, sagte er. »Es ist lange her, und was vergangen ist, mag vergangen bleiben. Ich denke, wir werden uns gegenseitig keinen Ärger machen, was meinen Sie, Gale?«

Gale bewegte seine trockenen Lippen mit einem sonderbar schnalzenden Geräusch.

»Alles Freunde hier«, murmelte er mit belegter Stimme. Er schmollte nicht mehr, und Unterwürfigkeit hatte sich in sein Verhalten eingeschlichen.

»Gut«, sagte W. T. scharf. »Wieviel hat Mrs. Christensen Ihnen schon gezahlt?«

»Dreihundert Pfund.«

»Dreihundert Pfund. Und sie hat den Brief noch gar nicht. Lieber Himmel, Mann, wie haben Sie das geschafft?« rief W. T. aus.

Gale zögerte, aber er zitterte noch immer von dem Schock kurz zuvor. »Na ja, verstehen Sie«, begann er schweratmend, »sie dachte, das Mädchen hätte es getan.«

»Was?«

Gales kleine runde Augen flackerten, und er warf Jerry einen rachsüchtigen Blick zu.

»Und ich denk es auch«, sagte er. »Sie is kurz vor ihm ins Haus gegangen, oder nich? Sie *sagt*, sie war oben, aber wer soll das beweisen? Ihre Schwester hat das gleich gesehn.«

»Als Sie sie darauf hinwiesen?« fragte W. T. schnell.

Gale nickte. »Kann sein, daß ich's nebenbei erwähnt hab«, sagte er. »Bloß um 'nen Streit zu beenden, sozusagen.«

»Das ist doch absurd«, sagte Jerry aus dem Hintergrund. »Gale und Mrs. Christensen müssen nicht ganz bei Trost sein.«

»Liebe macht blind«, sagte Mr. Gale und duckte sich. W. T. drückte seinen Sohn in den Stuhl zurück.

»Hat keinen Sinn, ihn zu schlagen«, murmelte er. »Wir müssen ihn reden lassen. Wollen Sie damit sagen«, fuhr er langsam fort und wandte sich wieder Gale zu, »daß Mrs. Christensen tatsächlich glaubt, Miss Norah Bayliss habe Crowther getötet?«

Gale nickte. »'türlich denkt sie das«, sagte er. »Darum hat sie auch so viel ausgespuckt, Geld für nix und wieder nix, kinderleicht.«

W. T. runzelte die Stirn. Alle Theorien fielen vor seinen Augen zusammen.

»Ihre erste Unterredung mit ihr«, sagte er. »War Mrs. Christensen überrascht? War es wie ein Schock für sie?«

»Regelrecht umgehaun hat's sie«, sagte Mr. Gale. »Und als sie den Brief sah ... Mann! Beinah hat sie mir leid getan ... 'türlich hab ich's richtig aufgebaut, bevor ich ihr den Brief gezeigt hab«, fügte er mit einem gewissen Stolz hinzu. »Hab gewartet, bis sie sich richtig reingesteigert hat und sich gefragt hat, worauf ich eigentlich rauswollte, und dann hab ich ihr plötzlich 'ne Kopie unter die Nase gehalten und ihr mitgeteilt, daß Sie in der Stadt sind und was auf ihre Schwester zukommt. Und danach hat sie gezahlt wie'n Lamm, ehrlich. Das Geld wurde mir nur so zugeschmissen, wenn ich bloß in ihre Nähe kam.«

W. T. fuhr sich mit seinen langen Fingern durch das weiße Haar. »Warum«, sagte er, »warum sind Sie zu Mrs. Christensen und nicht zu ihrer Schwester gegangen? Miss Bayliss ist doch diejenige, die das größte Interesse an dem Brief gehabt hätte?«

»Ich bin doch nich bekloppt!« Mr. Gale sah den Kommissar vorwurfsvoll an. »Mrs. Christensen hat das Geld; Interesse ohne Geld nützt mir nix. Außerdem wußte ich nich, ob das Mädchen es getan *hat* – ich dachte, daß sie's getan hat, aber ich wußte es nich. Und sie is von der Sorte, die mich weggejagt hätte, wenn sie zufällig nix damit zu tun gehabt hätte, darum hab ich auf die andre Schwester gesetzt, das is 'ne kleine schwache Person, hat auch nich allzuviel im Oberstübchen. Ich hab zu ihr gesagt, ich hab gesagt: ›Sprechen Sie nich mit Ihrer Schwester darüber; sie könnte nervös werden und alles gestehn‹, hab ich gesagt, und sie hat versprochen, daß sie nix nich sagen wollte.«

W. T. sah ihn unverwandt und mit leicht erstauntem Blick an. »Sie sind ein alter Schurke, was, Gale?« sagte er dann. »Ihre Wege sind so krumm, daß manchmal zufällig ein Anflug von Genialität aufblitzt.«

Mr. Gale sagte nichts. Er war sich nicht sicher, ob W. T.s letzte Bemerkung vorwurfsvoll oder anerkennend gemeint war, und deshalb nicht bestrebt, darauf einzugehen.

W. T. wandte sich an Jerry. »Geh zurück ins Hotel und bring dich in Ordnung, mein Junge«, sagte er. »Laß dich nicht von Norah sehen, wenn du's vermeiden kannst. Ich komme gleich nach.«

Jerry stand auf. Er war sehr blaß nach dem Blutverlust, und die Messerwunde tat ihm weh.

»Okay«, sagte er und fügte rasch hinzu: »Hör mal, Dad, du weißt doch, daß der Brief ein verdammter Blödsinn ist, nicht? Ich meine, du weißt, daß nichts dahintersteckt?«

»Natürlich weiß ich das.« W. T. sagte es beruhigend, und als die Tür sich hinter Jerry schloß, murmelte er vor sich hin: »Vielleicht ist es die Wahrheit – ich weiß es nicht.« Dann trat der durchdringende Blick wieder in seine Augen, und er wandte sich erneut an Clarry Gale.

Gale bewegte sich unruhig hin und her. »Was haben Sie mir jetzt zu sagen?« fragte er fordernd. »Warum haben Sie ihn weggeschickt? Sie haben gesagt, was vergangen is, soll vergangen bleiben, das haben Sie gesagt ...«

W. T. nickte. »Das habe ich, und das soll es auch.«

»Meinen Sie das echt?«

»Ja.«

»Also denn – was haben Sie vor?« Mr. Gales Ton war noch immer besorgt.

W. T. zögerte. »Eine Frage der Neugier«, sagte er. »Hat Crowther, alias Grant, *gesehen*, wie Sie Mrs. Phail ... hm ... schlugen?«

Gale nickte.

»Ja«, sagte er kurz. »'s war 'n Unfall, ehrlich«, fuhr er fort. »Sie wollte grade kreischen, und ich bin auf sie los. 'n reiner Unfall, und er hat zugekuckt, hat 'n Krach gehört und is heimlich runtergeschlichen, hat alles beobachtet, wie 'ne Katze 'ne Maus.« Gale machte eine Pause und fuhr sich mit der Zunge über die trockenen Lippen. »Und hat nie 'n Wort nich gesagt. Großer Gott! Was ich durchgemacht hab. Kein Wort hat er nich gesagt, aber als ich fünf Jahre später aus'm Kittchen kam, wartete er da schon auf mich, und ich hatte nie nich 'nen Augenblick Ruhe bis zu dem Tag, wo er gestorben is.«

15

Wo warst du?

W. T. ging zu Fuß zu seinem Hotel zurück, die Hände hinter dem Rücken verschränkt und die Augen auf den Gehweg geheftet.

Vor einer halben Stunde noch hätte er geschworen, wenn auch mit Bedauern, daß Mrs. Christensen den Schuß abgegeben hatte. Jetzt stellte Gales Enthüllung alles auf den Kopf.

Selbst wenn man annahm, daß die ganze Geschichte erfunden war – was, vorsichtig ausgedrückt, unwahrscheinlich schien –, Mrs. Christensen selbst hatte Andeutungen gemacht, daß sie nicht an sich denke, woran W. T. sich jetzt eindringlich erinnerte, obwohl er es zu dem Zeitpunkt nicht verstanden hatte.

Alles in allem war das Beweismaterial gegen Mrs. Christensen praktisch null und nichtig geworden angesichts dieser neuen Aussage zu ihren Gunsten.

Es blieb – Norah.

Norah war, wie Gale gesagt hatte, kein schwächlicher Typ, sondern eine temperamentvolle junge Frau, die das Verbrechen vielleicht begangen haben mochte, wenn sie sich vorher davon überzeugt hatte, daß es für eine gute Sache geschah. Die Welt von einem Monster befreien oder so ein Blödsinn, wie W. T. es in Gedanken düster ausdrückte.

Da war der Brief. W. T. sah ihn noch einmal an. Es war in der gegenwärtigen Situation gewiß ein gefährliches kleines Schriftstück, und als er ihn erneut las, erkannte W. T., wie wahrscheinlich Gales Geschichte war – wie leicht es gewesen sein mußte, die ältere Schwester zu einem Nervenbündel zu machen – mit diesem Brief im Hintergrund.

W. T. seufzte. Er mußte sich sofort mit Norah unterhalten.

Als er die Hotelhalle betrat, war Norah nicht mehr da. Er fragte nach ihr, aber niemand schien gesehen zu haben, daß sie die Halle verließ, und schließlich ging W. T. hinauf zu Jerrys Zimmer, um zu sehen, wie der Junge sich fühlte. Er öffnete die Tür und sah als erstes Norah, die die Ärmel bis zu den Ellbogen aufgekrempelt hatte.

»Ich habe einen Arzt rufen lassen«, sagte sie. »Er vernäht die Wunde, aber es ist nicht so schlimm, wie es aussieht.«

Ein bärtiger französischer Arzt in Hemdsärmeln beugte sich über Jerry, der sich in einem Sessel zurücklehnte.

W. T. setzte sich bescheiden hin und wartete. Norah und der Arzt eilten geschäftig hin und her, und W. T. erinnerte sich an seine eigene Jugend und kam zu dem Schluß, daß Jerry die Situation wahrscheinlich genoß.

Die Ironie des ganzen Falls irritierte ihn. Es war alles so einfach, so natürlich, und doch so kompliziert und unbefriedigend. Diese Romanze zwischen Jerry und dem Mädchen fehlte gerade noch.

Endlich packte der Arzt seine Tasche, wusch sich die Hände, zog sein Jackett an, lächelte, verbeugte sich und ging. Norah räumte auf, und Jerry grinste von seinem Sessel, so gut er konnte, ohne sich wehzutun.

»Ich habe versucht, mich durch den Hintereingang reinzuschleichen, aber sie hat mich durch das Fenster gesehen, Dad«, sagte er, nicht ohne eine gewisse Befriedigung. »Ich konnte ihr nicht entkommen.«

»Ich weiß nicht, was ohne mich aus dir geworden wäre«, sagte Norah. »Du kannst eine klaffende Wunde wie die nicht einfach verbinden und das Beste hoffen – du mußt sie sofort nähen lassen, oder du behältst ewig eine Narbe.« Sie wandte sich zu W. T. und fügte hinzu: »Ich habe nicht auf ihn gehört. Ich habe einfach den Arzt holen lassen.«

W. T. lächelte, aber seine Augen waren beunruhigt. Der zerknitterte Brief in seiner Tasche machte ihm Sorgen. »Miss Bayliss«, sagte er, »ich muß mit Ihnen sprechen.«

»Ja?« Aus dem Ton des Mädchens klang nicht mehr als höfliche Erkundigung, und W. T. sah sie scharf an. Sie lächelte, und ihre blauen Augen waren voller Interesse.

Jerry jedoch war nicht so sorglos. Er beugte sich vor und fragte schnell: »Hör mal, Dad, du willst doch nicht mit diesem Brief anfangen, oder? Siehst du nicht, wie vollkommen unsinnig das Ganze ist. Ich meine ...«

»Mein Junge, ich muß jeder Sache auf den Grund gehen«, sagte W. T. sanft. »Wenn nichts dran ist, wird er nicht verwendet«, fügte er trocken hinzu.

»Aber hör mal, das kannst du nicht machen!« wandte Jerry schwach ein. »Das kannst du nicht – ich meine, dieser Brief ...«

»Jerry, wenn du so viel redest, wird die Naht wieder aufreißen.« Norah lächelte ihn an und wandte sich wieder zu W. T.

»Was ist mit dem Brief?« fragte sie. »Etwas, was *ich* Ihnen sagen kann?« Ihr Ton war so offen und ihr Lächeln so natürlich, daß W. T. spürte, wie sein Mißtrauen schwand.

Er zog den Brief aus der Tasche und gab ihn ihr.

Sie nahm ihn, zuerst überrascht, ihre eigene Handschrift zu sehen, doch während ihre Augen das Blatt überflogen, errötete sie, und ihre Hand zitterte.

»Haben Sie das geschrieben?« Die Frage war so direkt, daß sie eine direkte Antwort erforderte.

Norah jedoch schien plötzlich die Nerven zu verlieren. Mit rotem Gesicht stand sie stotternd vor W. T. »Nein ... ja ... ich weiß es nicht.«

»Dad, das ist doch absurd!« mischte Jerry sich heftig ein, doch sein Vater schnitt ihm das Wort ab, stand auf und stellte Norah einen Stuhl hin.

»Setzen Sie sich«, sagte er freundlich, »und dann beantworten Sie meine Fragen. Es ist sehr wichtig.«

Norah ließ sich dankbar auf den Stuhl fallen, und W. T. setzte sich ihr gegenüber. Jerry sah sie beide über seinen Verband hinweg zornig und besorgt an.

»Haben Sie das geschrieben?« wiederholte W. T. und zeigte auf den Brief.

Norah nickte. »Ja«, sagte sie, und in ihrer Stimme lag eine Spur von Trotz.

W. T. runzelte die Stirn. »Warum haben Sie den Brief geschrieben?«

»Warum fragen Sie mich auf diese Weise aus? Sie können doch nicht im Ernst denken, daß ich ...« Ihre Stimme war immer unsicherer geworden, und jetzt verstummte Norah ganz und starrte W. T. an; ihr Atem ging mühsam, und ihr Gesicht wechselte immer wieder die Farbe.

»Mein liebes Kind, ich muß Ihnen Fragen stellen.« W. T.s Stimme wurde scharf. »Wissen Sie, daß Ihre Schwester Gale, das heißt Lacy, wegen dieses Briefes dreihundert Pfund gezahlt hat?«

»Grace hat dreihundert Pfund gezahlt?« Norah wiederholte voller Erstaunen seine Worte. »Dreihundert Pfund für meinen Brief? Warum?«

»Weil«, sagte W. T. langsam, »Gale andeutete, und Ihre Schwester ihm glaubte, daß zwischen Eric Crowthers geheimnisvollem Tod und diesem Brief ein Zusammenhang bestehen könnte.«

»Mr. Challoner, Sie müssen verrückt sein.«

W. T. war verblüfft. Als er nur angedeutet hatte, was er meinte, schien sie entsetzt gewesen zu sein, doch jetzt, da er es tatsächlich ausgesprochen hatte, wurde sie sofort ruhig, wirkte fast erleichtert. Er wandte sich wieder dem Brief zu, dem einzigen greifbaren Indiz, das ihm zur Verfügung stand.

»Ich fürchte, ich muß Sie trotzdem bitten, das hier zu erklären«, sagte er und klopfte mit dem Zeigefinger leicht auf den Brief. »Sehen Sie«, fügte er hinzu, als der alte kindliche Trotz sich wieder in ihre Blicke stahl, »in einem rätselhaften Fall darf kein Anhaltspunkt außer acht gelassen werden.«

Norah nickte. »Ich verstehe«, sagte sie und erstarrte wie vor einer Tortur. W. T. gab sich wieder sehr väterlich.

»Aus diesem Brief scheint hervorzugehen«, sagte er, »daß Crowther Sie belästigt hat, Sie mit seinen Aufmerksamkeiten behelligt hat. War das der Fall?«

Das Mädchen nickte. »Ja«, sagte sie dann und warf Jerry einen einerseits zweifelnden, andererseits beschwörenden Blick zu.

W. T. wurde zumindest einer der Gründe für ihre Zurückhaltung klar, und er sah Jerry an. »Jerry«, sagte er, »geh in mein Zimmer und lege dich ein bißchen hin. Ich möchte mit Miss Bayliss allein sprechen.«

»Ich bleibe hier«, sagte Jerry.

Norah sah W. T. bittend an. »Bitte lassen Sie ihn bleiben«, sagte sie.

W. T. zuckte mit den Schultern. »Also gut«, sagte er. »Aber ich warne Sie; ich möchte alles hören, was über diesen Brief zu sagen ist und über die Umstände, die dazu führten, daß er geschrieben wurde.«

Norah neigte zustimmend den Kopf, und W. T. fuhr fort: »Bei meinem ersten Gespräch mit Ihrer Schwester am Tag des Verbrechens sagte sie mir, daß Crowther sie belästige. Stimmt das?«

Norah zögerte. »Ja-a«, sagte sie, ein wenig unschlüssig.

»Was soll das bedeuten?« fragte W. T. »Hat er sie belästigt oder nicht?«

Norah zögerte noch immer. »Er hat sie belästigt ... aber nicht ganz auf die gleiche Weise«, sagte sie schließlich.

W. T. nickte verständnisvoll. »Sie meinen, daß Crowther etwas wußte – etwas, das Ihre Schwester unbedingt geheimhalten wollte – und sie damit erpreßt hat?« sagte er.

Norah stockte der Atem. »Das ... Das wissen Sie?« fragte sie leise.

W. T. sah, daß er einen Fehler gemacht hatte, und lenkte ab.

»Das meinten Sie nicht?« fragte er schnell. »Es gab etwas anderes, eine andere Methode, sie zu schikanieren? Was war es?«

Norah sah ihn unbehaglich an. »Er belästigte sie meinetwegen«, sagte sie. »Er wollte, daß sie ihren Einfluß auf mich geltend machte.«

W. T. räusperte sich. »Ich verstehe«, sagte er. »Und ... hm ... verzeihen Sie, Miss Bayliss, aber wollte Crowther Sie ... heiraten?«

»Zuerst nicht.«

»Aber später?«

»Ja.«

»Und Sie haben ihn abgewiesen?«

»Natürlich.«

»Und nachdem Sie ihn abgewiesen hatten – hat er Sie immer noch belästigt?«

»O ja.«

»Und dann schrieben Sie ihm diesen Brief?«

Das Mädchen nickte.

»Ja. Er schickte mir einen bestickten spanischen Schal und einen ... einen schrecklichen Brief. Ich habe den Brief verbrannt und den Schal mit dem Brief da zurückgeschickt; ich war außer mir vor Wut, als ich das schrieb.«

»Das war vier Tage vor dem Mord?«

»Ja.«

»Woher wissen Sie das?« fragte W. T. schnell.

Norah sah ihn erstaunt an.

»Weil ich mich daran erinnere«, sagte sie.

»Ich fürchte, ich muß Sie bitten, das näher zu erläutern«, sagte W. T. warnend.

Norah schwieg einen Augenblick. »Mr. Challoner«, sagte sie endlich, »Sie sprachen gerade eben von einer Sache, die meine Schwester unbedingt geheimhalten wollte.«

»Ja?«

»Nun ...« Das Mädchen zögerte, und W. T. sah plötzlich ihre mißliche Lage.

»Ich weiß davon«, sagte er sanft. »Ich weiß alles darüber, Sie können völlig unbesorgt sprechen.«

»Über ... über Joan?«

»Über Joan«, sagte W. T.

Norah seufzte. »Das ändert natürlich alles«, sagte sie. »Verstehen Sie – ich kann jetzt mit Ihnen sprechen.«

W. T. fuhr sich mit den Händen durchs Haar. »Oh, ihr Frauen, ihr Frauen«, sagte er müde. »Wann werdet ihr begreifen, was wichtig ist und was nicht?«

Norahs blaue Augen waren vorwurfsvoll. »Sie konnten von mir nicht erwarten, daß ich eine Sache wie die verrate, oder?« fragte sie.

»Mein liebes Kind« – W. T. war so erbost, wie zu werden er sich jemals gestattete – »ein Elefant ist groß, wenn man ihn mit einer Maus vergleicht, doch lächerlich klein im Vergleich zum Ätna. Das Geheimnis mag vor sechs Monaten ungeheuer wichtig gewesen sein, aber jetzt stehen wir einem größeren und viel schrecklicheren Geheimnis gegenüber. Ist Ihnen nicht klar, was ein Mord bedeutet?«

Norah zuckte mit den Schultern, und W. T. wußte, daß sie seinen Worten gefolgt, doch noch immer nicht überzeugt war.

»Ja«, sagte sie, »ich verstehe. Aber jetzt ist es viel leichter zu sprechen.«

W. T. seufzte.

»Nun«, sagte er, »fangen wir beim Brief an. Sie haben ihn geschrieben, weil Sie wütend über Crowther waren. Er hatte Ihnen und Ihrer Schwester unerwünschte Geschenke aufgedrängt und dabei die Tatsache, daß er das Geheimnis Ihrer Schwester kannte, benutzt, um Mrs. Christensen zu seinen Gunsten zu beeinflussen, was Sie betraf.«

»Ja«, sagte Norah. »Aber ich wußte nicht, daß er das Geheimnis benutzte, um sie zu beeinflussen; ich wußte das mit Joan damals noch nicht, verstehen Sie.«

»Sie wußten das mit dem Kind nicht?« W. T. war überrascht. »Wann haben Sie es erfahren?«

»Am Tag vor dem Mord.«

»Wer hat es Ihnen gesagt?«

»Er.«

»Wer?«

»Crowther.«

»Crowther hat es Ihnen gesagt?« W. T. zog die Augenbrauen hoch. »Angenommen, Sie erzählen mir die Geschichte«, schlug er vor.

Das Mädchen nickte.

»Gut. Es war so. Nachdem ich diesen Brief geschrieben hatte, kam er herüber und wollte mich sprechen, und ich weigerte mich, ihn zu sehen. Aber er sprach mit Grace, und später sah ich, daß sie sich große Sorgen machte. Ich hatte mich früher schon oft gefragt, warum sie sich das alles bieten ließ. Sie sagte immer, daß er sie nur umwarb, und ich glaubte ihr.«

»Und die ganze Zeit ging es um die Sache mit dem Kind?« fragte W. T.

»Ja ... aber das wußte ich damals nicht. Am nächsten Tag sah ich Crowther gar nicht, aber am dritten Tag – dem Tag, bevor er starb – lauerte er mir im Garten auf und zwang mich, ihm zuzuhören.« Norah machte eine Pause und sah Jerry an, aber aus seinem Gesicht sprach nur Verständnis, und sie fuhr fort:

»Er begann wie üblich, mich zu umwerben, und plötzlich, als ich mich weigerte zuzuhören, packte er mich am Handgelenk und sagte, er würde mich dazu bringen, ihm nachzugeben. Dann erzählte er mir von ... Grace und Joan ... und sagte, wenn ich ihn nicht heiratete, würde er es Roger mitteilen, und ... und allen ...« Norahs junge Stimme verlor sich in Schweigen.

»Was haben Sie gesagt?«

»Ich habe gelacht«, sagte Norah. »Natürlich habe ich gelacht. Ich glaubte ihm nicht.«

»Natürlich«, sagte W. T. »Hat er Sie überzeugen können?«

»Nicht ... nicht ganz. Doch was er sagte, klang sehr einleuchtend, und allmählich bekam ich Angst. Er sagte, ich solle in das Büro unserer Lokalzeitung gehen und mir im Archiv die Ausgaben vom Dezember 1914 ansehen. Er sagte, ich würde eine Meldung über den Tod von Jack Grey finden, und das Datum, an dem er England verließ, und daß ich auch ein Foto von ihm finden würde und feststellen könnte, wie ähnlich Joan ihm sehe.«

»Und am nächsten Tag sind Sie hingegangen?«

Norah senkte den Kopf. »Ja«, sagte sie leise. »Und es stimmte.«

»Ich traf dich, als du zurückkamst?« fragte Jerry.

»Ja.« Sie lächelte ihn an. »Ich wollte nicht, daß du meinen Korb bis zum Haus brachtest, weil er dich hätte sehen können – ich wußte, daß er rüberkommen wollte.«

»Oh – wieso das?« fragte W. T. schnell.

Norah sah ihn erstaunt an.

»Er hatte an Grace geschrieben und sie zu sich eingeladen«, sagte sie. »Das tat er von Zeit zu Zeit, nur um Anstoß zu erregen, nehme ich an, und um Roger eifersüchtig zu machen. Sie hatte mir gesagt, daß sie keine Notiz von der Einladung nehmen würde, darum rechnete ich damit, daß er rüberkommen würde ... er würde auch mich sehen wollen.«

W. T. schaute Norah an.

War es möglich, fragte er sich, daß sie nicht merkte, wohin diese Eingeständnisse sie führten?

»Norah«, fragte er, »was taten Sie, als Sie das Haus betraten – was war Ihr erster Gedanke?«

Das Mädchen lächelte.

»Die Blase an meiner Ferse«, sagte sie. »Darum war ich Jerry so dankbar, daß er mich vom Bus nach Hause brachte. Ich humpelte sofort nach oben, um Schuh und Strumpf auszuziehen ...«

»Waren Sie allein in Ihrem Zimmer, als Sie den Schuß hörten?« fragte W. T. langsam. »Bei der Voruntersuchung haben Sie das doch gesagt.«

Norah nickte. »Ich weiß«, sagte sie. »Das war Meineid oder Mißachtung des Gerichts oder so etwas Scheußliches, nicht?«

»Norah, was sagst du da?« Jerrys Stimme war vor Erregung heiser. »Wo warst du?«

»Im Gästezimmer«, sagte das Mädchen. «Ich habe mit Estah gesprochen.«

»Mit Estah gesprochen ...? Warum haben Sie das nicht bei der Voruntersuchung gesagt?« fragte W. T. scharf.

Norah sah ihn hilflos an.

»Verstehen Sie doch«, sagte sie. »Ich wollte mich wegen Joan vergewissern. Ich wußte, daß Estah es wissen würde, darum ging ich sofort zu ihr. Sie hatte gerade angefangen, mir alles zu erzählen, als wir den Schuß hörten. Als uns klar wurde, daß es eine Untersuchung geben würde, kamen wir überein, unsere Unterhaltung zu vergessen, falls wir gefragt werden sollten. Ich sei in meinem Zimmer geblieben, wollten wir aussagen.«

W. T. senkte den Kopf und fuhr sich mit den Händen durchs Haar, bis es hochstand wie ein schneebedeckter Ginsterbusch.

»Sie waren mit Estah zusammen«, wiederholte er langsam, als wolle er sich die Wörter einhämmern. »Sie waren mit Estah zusammen ... Wer um alles in der Welt hat dann ...?« Er hielt inne und blickte scharf auf.

»Ich muß das natürlich überprüfen«, sagte er.

Norah nickte.

»Wenn es Ihnen gelingt, Estah zum Reden zu bringen, wird sie Ihnen die gleiche Geschichte erzählen«, sagte sie, drehte sich um und fragte: »Was macht dein Gesicht, Jerry?«

W. T. warf einen verzweifelten Blick auf ihren schlanken Rücken. Sie schien den Mord völlig vergessen zu haben.

16

Ein Silberstreifen am Horizont

In Erwiderung Ihrer Anfrage teile ich Ihnen mit, daß ein Gespräch mit Estah Phillips zu einer Bestätigung des Berichtes von Miss Bayliss führte. Es wurde mit großer Sorgfalt darauf geachtet, daß es nicht zu einer Absprache zwischen den beiden Frauen kam, und es besteht kein Zweifel, daß sie zusammen waren, als der Schuß fiel.

O. H. Deadwood

W. T. legte den Brief hin, den er laut vorgelesen hatte, und schaute durch das Hotelzimmer auf Jerry.

»Und das wäre das«, sagte er trocken.

»Natürlich, hast du etwas anderes erwartet?« entgegnete Jerry hochfahrend.

»Ich werde dieser Geschichte auf den Grund kommen, und wenn es das letzte ist, was ich tue. Zum Henker, Jerry, es ist geschehen – irgend jemand muß es getan haben!«

Jerry zuckte mit den Schultern. »Angesichts des Charakters und der Gewohnheiten des Burschen würde ich es höhere Gewalt nennen und es dabei belassen«, sagte er.

W. T. schüttelte den Kopf.

»Ich gebe mich nicht geschlagen«, sagte er. »Für alles auf dieser Welt gibt es eine einfache, natürliche, logische Erklärung. Ich glaube nicht an Magie, Jerry. In diesem Fall scheint es kein anderes Beweismaterial zu geben als die Tatsache, daß alle unschuldig sind... Alle hätten Crowther gern getötet, alle haben zugegeben, daß sie mit dem Gedanken spielten, alle hatten die Gelegenheit dazu, und doch hat niemand es getan. Es ist eine unglaubliche Situation.«

Jerry sah seinen Vater forschend an. »Du bist doch jetzt

auch überzeugt, daß weder Mrs. Christensen noch Norah etwas darüber wissen, oder?« sagte er.

W. T. nickte. »Ja«, sagte er. »Ich denke, daß ich mir sicher bin – so sicher, wie man sich auf dieser Welt nur sein kann.«

»Gott sei Dank«, sagte Jerry. »Ich bin froh, daß du diesen Brief bekommen hast. Es wird die Dinge für die Mädchen soviel leichter machen. Wenn du nichts dagegen hast, gehe ich zu Norah und erzähle es ihr sofort.«

»In Ordnung«, sagte W. T. resigniert.

Als die Tür sich hinter Jerry schloß, erhob W. T. sich und ging langsam im Zimmer auf und ab.

»Es muß eine Erklärung geben«, sagte er laut. »Etwas Einfaches, etwas so Offensichtliches, daß ich es übersehen habe ... etwas ... jemand ...« Seine Gedanken wanderten zurück zum Beginn des Falls, folgten dem Geschehen Schritt für Schritt durch das Gewirr von Geheimnissen. Alles war da, wie er gesagt hatte – Motiv, Gelegenheit, Neigung – und doch gegen niemanden ein Beweis oder auch nur hinreichende Gründe für einen dringenden Verdacht.

Er setzte sich müde in seinen Armsessel am Fenster. Seine Theorien lagen in Scherben, wochenlange Arbeit hatte ihn viel gelehrt, doch nicht näher zu den wesentlichen Punkten geführt. Das Geheimnis war noch ebenso geheimnisvoll wie am Tag des Mordes. Er saß eine Weile regungslos da und dachte nach; dann streckte er die Hand aus und nahm ein altes zerlesenes Buch vom Tisch neben ihm auf. Es war *Criminal Psychology* von Gross, ein Buch, das er mitnahm, wohin er auch reiste. Er schlug es aufs Geratewohl auf, blätterte müßig die Seiten um, mit den Gedanken noch halb bei dem Fall, der ihm Sorgen machte. Plötzlich lenkte eine Formulierung seine Aufmerksamkeit auf sich, und er starrte darauf. Dann lachte er in sich hinein wie über einen albernen Witz und las weiter. Kurze Zeit später aber wanderten seine Blicke zurück zu dem Satz, der seine Aufmerksamkeit gefesselt hatte, und wieder starrte er darauf, voller Ungläubigkeit und Zweifel.

Schließlich legte er das Buch aufgeschlagen und nach unten gekehrt auf den Tisch und zog das braun-rote Notizbuch zu sich, das so sehr dem Tagebuch eines Pfadfinders glich.

»Unmöglich«, murmelte er. »Und doch ...«

Er nahm einen Bleistift und stellte eine Liste von Namen auf, die Namen von allen, die zur Zeit des Mordes im Haus gewesen waren, und von jemandem, der nicht im Haus gewesen war.

Eine Weile saß er da und starrte auf die Liste hinunter, mit gerunzelter Stirn und zusammengekniffenen Augen. Dann sprang er auf. »Mein Gott!« sagte er. »Mein Gott! Natürlich!«

Er stopfte hastig ein paar Sachen in einen Koffer und setzte sich an einen Tisch, um einige Zeilen für Jerry zu schreiben.

Endlich auf der richtigen Spur. Fahre nach London. Warte, bis Du von mir hörst. Alles Gute.

Dad

Er faltete den Bogen und steckte ihn in einen Briefumschlag, den er dem Concierge gab, als er durch die Hotelhalle ging.

»Nein, keine Briefe.« Jerry schaute in sein Fach im Regal, und seine Stimme klang etwas enttäuscht. Norah sah ihn verständnisvoll an. Sie waren zum Essen ausgegangen und ins Hotel zurückgekehrt, um nachzusehen, ob die Abendpost eine Nachricht von W. T. gebracht hatte. Er war jetzt seit drei Tagen wieder in England.

Sie schlenderten in den verlassenen, muffigen, gold- und stuckverzierten Salon und gingen hinaus auf den Balkon, wo sie eine Weile stumm standen.

Die Riviera bei Nacht hat eine ganz besondere, eigene Schönheit, wie es sie nirgends sonst gibt.

Die Lichter der Stadt flimmerten und tanzten voller Heiterkeit in der klaren Luft, und etwas weiter weg lag, im

Mondlicht glitzernd, das Mittelmeer, das blaue Juwel, das selbst bei Dunkelheit etwas von seiner Farbe zu bewahren scheint.

Sie waren allein, und Norah sagte leise: »Es scheint schrecklich lange zurückzuliegen.«

Jerry antwortete, ohne sie anzuschauen. »Ewigkeiten. Es war natürlich furchtbar; es muß ein Alptraum für dich gewesen sein – ich meine die ganze Geschichte.«

Sie nickte.

»Es war... ekelhaft«, sagte sie. »Aber eigentlich auch nicht schlimmer als vorher – als er noch lebte.« Sie machte eine Pause und sprach dann weiter, und ihre Stimme war leise und angenehm in der verträumten Umgebung. »Wie seltsam manche Dinge sich ergeben«, sagte sie. »Ich meine, daß du mich von der Bushaltestelle nach Hause gebracht hast und so direkt in alles hineingeschlittert bist. Wie leicht hättest du zehn Minuten früher oder später dort vorbeifahren können.«

Jerry antwortete nicht. Er schaute über die Stadt hinweg auf das Meer. Er wußte, irgendwo in der Finsternis ragten hohe Berge empor zum Himmel, lag eine Welt von unvorstellbarer Schönheit unter der Decke der Dunkelheit versteckt. Er fühlte sich eigentlich so ähnlich. Er hatte das Gefühl, im Dunkeln zu sein. Es stand eine Schutzwand zwischen ihm und etwas anderem, etwas unsagbar Schönem, das in dieser Nacht sehr nah war.

Er wechselte das Thema, weil er Angst hatte. »Deine Schwester«, sagte er, »bist du dir sicher, daß es ihr jetzt wieder gutgeht?«

»O ja«, sagte Norah zuversichtlich. »Sie wird allmählich wieder sie selbst – jetzt, da sie ihr Geheimnis gewahrt weiß. Es war schrecklich für sie, armes Mädchen; sie liebt Roger nämlich. Es muß scheußlich für sie gewesen sein – zu wissen, daß er jeden Augenblick die Geschichte mit Joan hören könnte; er betet das Kind an. Es würde ihr das Herz brechen.«

Jerry nickte. »Was werden sie machen?« fragte er. »Weiter im White Cottage wohnen?«

»Nein; wir werden ins Ausland gehen, glaube ich. Roger spricht schon seit Jahren davon. Er kommt aus Argentinien, und ich denke, wir werden alle dorthin gehen. Ich weiß, daß Grace England verlassen möchte; sie ist dort so unglücklich gewesen. Ja, ich denke, daß wir nach Argentinien gehen werden.«

Jerry sah sie an. Ihr Gesicht war sehr blaß in dem schwachen Licht, und ihr klares Profil vor dem Hintergrund des Himmels war wunderschön. Er seufzte.

»Nach Argentinien?«

»Ja. Rogers ganze Familie lebt dort.«

Jerry schwieg. Dann fragte er: »Du wirst mitgehen?«

»O ja!«

Ihre Hand lag auf dem schmiedeeisernen Gitter des Balkons, sehr weiß in der Dunkelheit. Er legte seine eigene Hand darüber.

»Ich liebe dich«, sagte er schlicht.

Sie schwieg einen Augenblick und stand sehr gerade da, die Blicke über die Stadt hinweg in die Ferne gerichtet. Dann lachte sie vor Glück leise auf.

»Ja, ich weiß«, sagte sie.

»Und du?« fragte er ängstlich.

»Ich liebe dich«, sagte sie ohne Zögern.

»Wollen wir heiraten?«

Sie wandte sich zu ihm, und in ihren Augen stand jener Ausdruck, der aus Anbetung und Triumph besteht.

»Wollen wir?« sagte sie.

Jerry zog sie an sich und küßte sie auf die Lippen. »*Ich* bin dafür«, sagte er, und dann war es lange Zeit still.

Endlich regte sie sich. »Jerry«, sagte sie, »was geschieht mit diesem Fall? Wird dein Vater ihn aufgeben?«

Jerry schüttelte den Kopf und zog sie fester an sich.

»Nein«, sagte er, »ich fürchte nein. Er wird weitermachen

bis zum bitteren Ende.« Er schaute zu ihr hinunter. »Aber was auch geschehen mag«, fuhr er fort, »wir werden zusammenhalten, oder?«

Norah lehnte den Kopf an seine Schulter und seufzte zufrieden.

»Natürlich, Liebster«, sagte sie. »Oh, Jerry, ich bin froh über dich!«

Jerry lachte und küßte sie. Schritte in dem Zimmer hinter ihnen ließen sie auseinanderfahren, und gleich darauf tauchte der Concierge in der Balkontür auf. »Ein Telegramm für Monsieur«, sagte er.

Jerry nahm den dünnen Umschlag und riß ihn auf. Im nächsten Augenblick trat ein ungläubiger Ausdruck in sein Gesicht.

»Danke«, sagte er kurz zu dem Mann, und als dieser sich entfernte, reichte Jerry Norah das Telegramm.

Sie nahm es und las es in dem schwachen Licht, das aus den Türen zum Salon drang.

Gebe den Fall endgültig auf. Bin zu Hause, falls du mich brauchst.

Dad

Norah starrte auf das Telegramm und sah dann zu Jerry auf. »Ich verstehe nicht ganz«, sagte sie. »Heißt das, daß er nicht herausfinden kann, wer es getan hat?«

Jerry sah sie ernst und beunruhigt an. »Nein«, sagte er langsam und mit merkwürdig rauher und besorgter Stimme. »Es heißt ... er hat es herausgefunden.«

17

Das Ende der Geschichte

Es war einer jener angenehmen, trägen Tage im Sommer, wenn die belaubten Baumwipfel sich schwerfällig wie Ochsen in der Sonne regen, und der Schatten unter den Ulmen am entfernteren Ende von Jerrys Garten war wohltuend.

Sie saßen dort zu dritt beim Tee – Jerry, seine Frau und W. T., der nicht einen Tag älter aussah als an jenem Abend vor sieben Jahren, als er Menton so aufgeregt verlassen hatte.

Jerry sah vielleicht etwas älter als damals aus, aber das Leben hatte es gut mit ihm gemeint. Norah strahlte vor Glück. Die Ehe und zwei Babys hatten ihr Leben bereichert, ohne ihr die Schönheit zu nehmen. Es war eine fröhliche Tee-Runde, und Lachen vermischte sich mit dem Klirren von Porzellan.

Das Geheimnis des White Cottage war tabu in dem Haushalt. Von der Zeit seines Telegramms bis zum gegenwärtigen Tag hatte W. T. sich hartnäckig geweigert, darüber zu sprechen, und nach mehreren erfolglosen Versuchen, ihm die Wahrheit zu entlocken, hatten die jungen Leute seine Wünsche respektiert und ihm sein Geheimnis gelassen.

Die Christensens waren fast unmittelbar nach Norahs Hochzeit nach Argentinien gegangen. Das White Cottage war an einen Lebensmittelhändler im Ruhestand verkauft worden, der es lederbraun gestrichen und in »Acacia Cot« umbenannt hatte. Die ganze Angelegenheit war von der Öffentlichkeit, die sich glücklicherweise ohnehin nie besonders dafür interessiert hatte, längst vergessen.

An diesem Nachmittag jedoch hatte eine Bemerkung von Norah an die geheimnisvolle Begebenheit erinnert.

»Oh«, hatte sie gesagt, »natürlich, Joan kommt zum Tee. Ihr Schiff fährt am Freitag.«

W. T. schaute auf. »Ich habe sie nicht mehr gesehen seit... seit... dieser Geschichte«, sagte er. »Mal sehen – sie ist jetzt etwas über zwölf, nicht wahr?«

Norah nickte.

»Ja, und sieht aus wie sechzehn«, sagte sie. »Ein merkwürdiges Kind, genauso, wie sie schon als kleines Mädchen war, genauso schweigsam und irgendwie ›wissend‹.«

W. T. stellte seine Teetasse ab, bevor er sprach.

»Es gefällt ihr nicht in England, habe ich gehört«, sagte er. »Geht schon nach einem Halbjahr in der Schule nach Argentinien zurück?«

»Ja. Ist es nicht absurd?« fragte Norah lächelnd. »Ich habe Grace geschrieben und ihr gesagt, daß wir uns in den Ferien um das Kind kümmern würden, aber Joan möchte zurück; sie sagt, sie hasse es auf der Schule.«

»Sie ist ein seltsames Kind«, fügte Jerry ein. »Gehört nicht zu denen, die in der Schule gut zurechtkommen. Ein wildes Geschöpf, sehr offen und plötzlich.«

»Pst!« sagte Norah. »Sie kommt den Weg herunter. Sie soll nicht denken, daß ihr über sie sprecht.«

Das Thema wurde gewechselt, und Jerry und sein Vater unterhielten sich über den Zustand des Rasens, als die junge Dame zu ihnen trat. W. T. musterte sie mit Interesse.

Sie war groß und robust, mit stabilen, kräftigen Knochen, großen schwarzen Augen und langen Zöpfen. Sie ging mit weit ausholenden Schritten, und ein kleiner Faltenrock flatterte ihr um die langen Beine, lächerlich und unzulänglich, nur ein höfliches Zugeständnis an die Konventionen.

W. T. sah, was Jerry gemeint hatte, als er sagte, sie gehöre nicht zu denen, die in der Schule gut zurechtkommen.

Offensichtlich war sie ein Geschöpf, das Freiheit brauchte. Fast eine junge Wilde. Sie war nicht im geringsten befangen. Sie lächelte alle am Tisch freundlich an und setzte sich.

»Oh«, sagte sie und sah W. T. an, als Jerry ihn vorstellte, »Mutter hat mir von Ihnen erzählt.«

»Ich kann mich an *dich* erinnern«, sagte W. T. »Hast du mich vergessen?«

Das Mädchen sah ihn zweifelnd an. »Ich kann mich nicht an Sie erinnern«, sagte sie. »War ich noch sehr klein?«

»Ja, ziemlich klein. Wie ich höre, willst du uns verlassen. Du bist doch erst vor kurzem gekommen.«

Sie nickte und lachte. »Ich weiß. Ich kann die Schule nicht ausstehen – ich passe nicht hierher. Miss Garnham sagt, ich sei nicht zivilisiert.«

»Drüben gefällt es dir besser?«

»Und ob!« Die Begeisterung in der jungen Stimme war nicht zu überhören. »Es ist... so weit da drüben«, sagte sie, »weit genug, um sich zu bewegen und auszustrecken, verstehen Sie?«

W. T. lachte und nickte. »Ja«, sagte er, »ich weiß.«

Das Mädchen wandte sich an Norah. »Wie geht es deinen Kindern, Tantchen?« erkundigte sie sich.

»Gut«, sagte Norah und fügte nach einer Pause stirnrunzelnd hinzu: »Mit einer Ausnahme. Weißt du, Dad, dein langer Umgang mit Verbrechen macht sich bei Bill bemerkbar.«

»Aber Liebes!« rief Jerry aus.

W. T. lachte. »Das klingt ernst«, sagte er. »Welche Zeichen von Verderbtheit hat der kleine Vierjährige gezeigt?«

»Nun«, sagte Norah, »ich wage kaum, es zu sagen, aber er... *klaut*!«

»Wie schrecklich!« sagte W. T. »Ich werde einen Haftbefehl besorgen.«

Norah schnitt eine Grimasse.

»Mach dich nicht lustig über mich«, sagte sie. »Ich mache mir wirklich Gedanken deswegen. Er hat eine ganze Packung Schweinefett von einem dieser Tische vor dem Geschäft eines Schlachters gestohlen, als ich ihn dort in seinem Kinderwagen stehenließ – und sie unter seiner Decke versteckt. Ich fand sie erst, als ich nach Hause kam... ich fand es so schrecklich peinlich, zurückzugehen und dafür zu bezahlen.«

»Oh, liebes Mädchen, du bist doch ein Dummerchen.« Jerry legte den Arm um seine Frau und drückte sie an sich.

Norah zog die Augenbrauen hoch.

»Ich weiß nicht, worüber ihr alle lacht«, sagte sie. »Ich fand es schrecklich. Stellt euch vor, ihr geht in einen Laden und sagt: ›Kann ich bitte für die Packung Schweinefett zahlen, die Ihnen abhanden gekommen ist? Mein kleiner Sohn hat sie gestohlen.‹ «

»Mein liebes Kind«, sagte W. T. mild, »wenn ich das bemerken darf, Bills Straftat scheint dich nur so zu empören, weil sie dir Unannehmlichkeiten verursacht hat.«

»Keineswegs«, sagte Norah. »Ich dachte ausschließlich an den Charakter meines Sohns. Ein kleines Kind, das eine Packung Schweinefett stiehlt, würde alles stehlen.«

»Allerdings«, sagte Jerry. »Der Kleine ist ein Dummkopf, das ist alles.«

»Das glaube ich nicht«, entgegnete Norah. »Ich glaube, er zeigt eindeutig eine Neigung zum Kriminellen. Als ich sagte: ›Hast du das genommen, Bill?‹, strahlte er mich an und sagte: ›Nein.‹ Daraufhin habe ich ihm natürlich einen Klaps gegeben.«

»Armer alter Bill«, sagte Jerry, dessen ganze Teilnahme seinem Sohn galt.

»Ich mache mir deswegen wirklich Sorgen«, erklärte Norah hartnäckig. »Wäre es nicht schrecklich, wenn er aufwüchse mit der Gewohnheit zu stehlen.«

W. T. öffnete den Mund, um zu antworten, doch Joan, die der Unterhaltung gelauscht hatte, ohne zu lächeln, kam ihm zuvor.

»Ich würde mir keine Sorgen machen, Tantchen«, sagte sie. »Ich glaube, wenn man ein Kind ist, tut man Dinge, ohne zu erkennen, daß sie unrecht oder gefährlich sind. Ich kann mich erinnern, daß ich einmal eine Flinte auf einen Mann abgeschossen habe.«

W. T. streckte die Hand aus und wollte sie auf Joans Arm

legen, aber Jerrys Gesichtsausdruck hielt ihn davon ab. Jerry und seine Frau hatten sich dem Kind zugewandt, mit weit geöffneten fragenden Augen, und das Lachen in ihren Gesichtern erstarb plötzlich.

Joan fuhr fort, sich der Wirkung ihrer Worte völlig unbewußt, und W. T. lehnte sich mit geschlossenen Augen und unbewegtem Gesicht auf seinem Stuhl zurück.

»Ich kann mich natürlich nicht mehr sehr gut daran erinnern«, erzählte das Kind weiter. »Ich glaube, es war, bevor wir zum erstenmal nach Argentinien fuhren ... Ich kann mich nur an das Gesicht des Mannes erinnern. Er war sehr groß und dick und rot und hatte kleine Affenaugen.« Sie machte eine Pause und lachte. »Habe ich euch alle schockiert?« sagte sie. »Macht euch keine Sorgen – ich glaube nicht, daß ich den Mann verletzt habe.«

Norah holte tief Luft. Ihr Gesicht war sehr blaß.

»Erzähl es uns, Liebes«, sagte sie und bemühte sich, mit fester Stimme zu sprechen. Joan sah sie neugierig an, war aber durchaus nicht abgeneigt zu reden und fuhr unbeschwert mit ihren Erinnerungen fort.

»Ich kann mich eigentlich an gar nichts erinnern«, sagte sie, »außer daß ich es getan habe. Ich weiß, daß ich den Mann haßte – für mich nannte ich ihn Satan. Die alte Estah sagte, er sei Satan. Kannst du dich an Estah erinnern, Tante?«

Norah nickte. Sie war kreideweiß, und Jerry, der selbst ziemlich angegriffen aussah, legte seine Hand über ihre.

Offensichtlich war W. T. als einziger nicht bewegt von der Geschichte. Er saß still und mit geschlossenen Augen da.

»Estah haßte diesen Mann«, fuhr Joan fort. »Sie hat mir so oft erzählt, wie böse er war, daß ich schreckliche Angst vor ihm hatte. Er machte immer Ärger. Ich weiß noch, daß alle schlecht gelaunt waren, wenn er in der Nähe war.«

»Ja?« sagte Jerry, unfähig, länger zu schweigen. »Und deshalb hast du ihn erschossen?«

Joan lachte.

»Das hört sich schrecklich an, Onkel Jerry!« sagte sie. »Ich kann mich nicht genau erinnern, was eigentlich geschah, aber ich weiß, daß ich Satan haßte, und an einem Tag war ich im Garten, mit einem Eimer in der Hand. Ich weiß nicht mehr, wo es war oder was ich tat – es ist heute fast wie in einem Traum –, aber ich weiß, daß ich an einer Tür vorbeiging und hineinschaute und Satan sah, wie er sich über einen Tisch beugte und mich auslachte. Ich hatte bloß Angst vor ihm, und ich haßte ihn, und plötzlich fiel mir ein, daß in der Ecke des Zimmers eine Flinte stand ...« Joan hielt inne und sah sich um. »Es hört sich schrecklich an, nicht?« sagte sie und lachte wieder. »Estah hatte mir von der Flinte erzählt. Sie sagte: ›Faß die nicht an; sie könnte losgehen und jemanden verletzen.‹ Und als ich Satan dort sah, fiel mir die Flinte wieder ein, und ich weiß noch, daß ich dachte, man müßte ihn verletzen, wenn er so böse war.«

Jerrys Hand umschloß fest die seiner Frau, sie saß zitternd neben ihm.

»Ich hob die Flinte hoch«, erzählte Joan weiter. »Sie war schrecklich schwer; ich konnte sie kaum halten. Satan lachte bloß über mich, und das machte mich wütend. Ich ließ die Flinte auf den Tisch fallen und drückte mit aller Kraft ab. Es gab einen furchtbaren Knall, und ich machte die Augen zu und lief hinaus in den Garten und hob meinen Eimer auf ... an mehr kann ich mich nicht erinnern. Aber ich bin mir sicher, daß es so geschah.«

Nach dem Ende ihrer Geschichte herrschte für einige Sekunden absolutes Schweigen, bis schließlich ihr gurgelndes Glucksen wieder ertönte.

»Es hört sich furchtbar an, ich weiß«, sagte sie, »aber es hat ihm sicher gutgetan. Ich kann mich jedenfalls nicht erinnern, daß ich jemals wieder von ihm gehört habe. Vielleicht habe ich ihm einen Schrecken eingejagt. Ich weiß, daß ich dachte, ich darf nichts darüber sagen, damit Estah nicht böse mit mir wird, weil ich die Flinte angefaßt habe. Bill ist also nicht schlimmer, als ich es war, Tante Norah.«

Norah zog ihr Taschentuch hervor und verbarg das Gesicht darin, und W. T. sagte mit unnatürlich heiterer Stimme: »Joan, es ist eine haarsträubende Geschichte. Ich bin entsetzt. Wenn ich mir vorstelle, daß ich beim Tee mit einer so niederträchtigen jungen Frau zusammensitze, erfüllt es mich mit Grauen, und mein Haar wird weiß.«

»Es ist ja schon weiß«, sagte Joan und lachte.

Er zog sie zu sich und setzte sie auf sein Knie.

»Das zeigt, wie gescheit ich bin«, sagte er, »und wie unsagbar alt und ehrbar; darum merk dir gut, was ich sage. Lauf nicht herum und erzähl jedem, den du kennenlernst, solche Märchen.«

Das Mädchen errötete. »Das ist kein Märchen«, sagte sie. »Ich habe ...«

»Nein«, sagte W. T. sehr bestimmt. »Glaube das ja nicht. Es ist ein Traum. Hast du noch nie etwas so deutlich geträumt, daß du am Morgen dachtest, es sei wahr? Ich habe einmal geträumt, ich sei ein alter Britannier. Ich war so überzeugt davon, daß ich fast in einem Fell zum Frühstück runtergegangen wäre – und so etwas ist dir auch passiert.«

»Das glaube ich nicht«, sagte das Mädchen zweifelnd. »Ich erinnere mich an Satan, und ...«

»Natürlich tust du das«, sagte W. T. »Und erinnere ich mich nicht an das Boot aus Weidengeflecht, mit dem ich aufs Meer gefahren bin, und an meinen Hund, der so groß und wild wie ein Löwe war? Natürlich tue ich das, aber es ist nicht geschehen, es ist nicht wahr. Ehrlich, Joan, war es nicht ein Traum?«

Joan zögerte. »Es war vor schrecklich langer Zeit«, sagte sie schließlich. »Es könnte ein Traum gewesen sein ...«

»Natürlich war es das«, sagte W. T. »Natürlich, und ein schlechter Traum dazu. Du kannst sicher Schöneres träumen ... Wann mußt du wieder in der Schule sein?«

»Gleich«, sagte Joan und schnitt eine Grimasse. »Ich muß in die Preparatory School, aber das macht mir keine Sorgen –

in einer Woche werde ich für immer und immer und immer frei sein.«

W. T. ließ sie los.

»Auf Wiedersehen also, mein Liebes«, sagte er. »Steck dir ein Stück von Norahs Kuchen in die Schultasche – vielleicht, wenn du aufpaßt, kannst du ihn in der Schule essen. Und, Joan ...«

»Ja?«

»Erzähl nie deine Träume.«

»In Ordnung. Auf Wiedersehen, Tante Norah. Auf Wiedersehen, Onkel Jerry.« Sie nahm den Kuchen und lief davon, ein wildes Fohlen, das fast nur aus Armen und Beinen zu bestehen schien.

Als sie außer Hörweite war, sah Jerry seinen Vater an. »Dad ... du ... du hast es *gewußt*«, sagte er heiser.

W. T. nickte. »Ja«, sagte er langsam. »Das ist des Rätsels Lösung. Estah Phillips war Crowthers Mörderin, obwohl sie es nie erfahren hat.«

Norah begann, leise zu weinen, und Jerry legte den Arm um sie.

»Nicht«, sagte er. »Es ist nichts, um das man sich Sorgen machen sollte ... es läßt sich nicht ändern. Es ist eines jener seltsamen schrecklichen Gottesurteile, die von Zeit zu Zeit verhängt werden. Weine nicht, altes Mädchen.«

Norah setzte sich auf, wischte sich die Augen und wandte sich an W. T. »Wie bist du darauf gekommen?« fragte sie.

W. T. zögerte.

»Ich habe mir geschworen, nie ein Wort über diesen Mord verlauten zu lassen«, sagte er endlich, »aber jetzt wißt ihr so viel, daß ihr ebensogut auch den Rest noch erfahren könnt. Gross gab mir den ersten Hinweis. Ich war verzweifelt, wie ihr wißt – jeder könnte es getan haben, aber nach dem Beweismaterial hatte keiner es getan. Ich nahm mir *Gross' Criminal Psychology* vor und schlug das Buch aufs Geratewohl auf, und beinahe die ersten Worte, die ich las, sagten etwa folgendes:

Das Kind hat seine eigenen Ansichten, was die verdiente Strafe einer Person ist. Diese Ansichten lassen sich selten an unseren eigenen messen.

W. T. verstummte und starrte vor sich hin, bemüht, sich die Szene ins Gedächtnis zu rufen.

»Natürlich«, fuhr er endlich fort, »habe ich zuerst nicht besonders auf diese Worte geachtet, aber irgendwie setzten sie sich in meinen Gedanken fest. Ich begann, an das Kind zu denken, und an die sonderbare alte Frau, Estah, die genau der Typ war, ein Kind mit einem Haß gegen einen Menschen großzuziehen. Ein Kind, sagte ich mir, weiß schließlich nur, was ihm gesagt wird. Der Unterschied zwischen Gott und dem Teufel ist einem Kind nur klar, weil man ihm *gesagt* hat, daß Gott gut ist und der Satan böse.«

Wieder verstummte er, aber keiner seiner Zuhörer sagte etwas, und nach einer Weile fuhr er fort.

»Estah war mir gegenüber ziemlich offen gewesen ... mehr als wahrscheinlich, daß sie viel mit dem Kind sprach ... Die Art, wie der Mord begangen wurde, legte nahe, daß er nicht vorsätzlich geschah, doch auch kein Unfall war. Wer auch immer Crowther tötete, hatte in dem Augenblick die Absicht, ihn zu töten, es aber nicht vorher geplant. Das Kind war die einzige Person an jener Seite des Hauses, und das Kind war die einzige Person, die, da sie vermutlich nicht erkannte, was sie getan hatte, sich durch das Verbrechen nicht belastet fühlte und darum auch nicht nervös wurde. Je länger ich darüber nachdachte, um so wahrscheinlicher erschien es mir, daß das die Erklärung war. Einen Augenblick dachte ich, Joan sei zu klein, um die Flinte zu heben, aber als ich auch darüber nachdachte, wurde mir klar, daß das nicht zutraf. Die Art, wie die Flinte vom Tisch aus abgeschossen wurde, paßte auch zu meiner Theorie. Jedesmal wenn ich daran dachte, kam es mir wahrscheinlicher vor.«

»Und dann bist du zu Estah gegangen?« fragte Jerry.

W. T. nickte.

»Ja, das bin ich, aber erst, als mir noch etwas anderes eingefallen war – Cellinis Geschichte von etwas Weißem, das um den Türrahmen huschte. Mrs. Christensen hatte im Garten ein Tweed-Kostüm getragen. Norah hatte ein blaues Kleid an, und Estah war in Schwarz. Und soviel ich weiß, tragen Frauen heutzutage keine weißen Rüschenunterröcke mehr. Die einzige in Frage kommende Person in Weiß war das kleine Mädchen; ihr Rock würde auch weit genug sein, um ein wenig hinter ihr her zu schwingen. Sobald mir das klar geworden war, ging ich zu Estah. Sie gab zu, daß sie mit dem Kind über Crowther gesprochen hatte, und sie sagte mir, daß Joan ihn den Satan genannt hatte.«

Er machte eine Pause und seufzte.

»Ich fragte nach dem Kleid, das das Kind am Tag des Mordes getragen hatte, und als sie es mir brachte, wußte ich, daß ich auf der richtigen Spur war. Es war ein weißes Kleid mit vielen Rüschen und einem ungewöhnlich weiten Rock.«

»Und das überzeugte dich?« fragte Norah.

W. T. schüttelte den Kopf. »Nicht ganz. Ich zeigte es Cellini. Er erkannte es.«

Seine Stimme verlor sich, und Jerry ergriff das Wort. »Das war der Zeitpunkt, zu dem du dich entschlossen hast, den Fall aufzugeben?«

Sein Vater nickte. »Ja«, sagte er. »Die Idee kam von Estah, aber das Kind gab den Schuß ab.«

»Du hast also deinen Ruf aufs Spiel gesetzt«, sagte Norah, »und dich mit all dem Unsinn von Deadwood und Co. abgefunden ...«

W. T. lächelte.

»Meine Liebe«, sagte er, »mein Ruf brauchte sich höchstens noch ein paar Jahre zu bewähren. Ihrer muß ein ganzes Leben halten.«

Nach seinen Worten herrschte Schweigen. Plötzlich stand Norah auf. Jerry schaute sie an. »Wohin gehst du, Liebes?«

Norah blickte über die Schulter zurück; sie hatte schon den halben Rasen überquert.

»Ich gehe zu den Kindern«, sagte sie. »Ich möchte meinem Bill erklären, wie... wie *gut* alle Menschen sind, und ich möchte, daß er es versteht.«

Margery Allingham im Diogenes Verlag

»Margery Allingham sticht ins Auge wie strahlend helles Licht. Alles, was sie schreibt, ist von vollendeter Form.« *Agatha Christie*

Die Handschuhe des Franzosen
Kriminalgeschichten. Aus dem Englischen von Peter Naujack. Zeichnungen von Georges Eckert. detebe 20929

Trau keiner Lady
Roman. Deutsch von Gerd van Bebber
detebe 21567

Gefährliches Landleben
Roman. Deutsch von Brigitte Mentz
detebe 21568

Süße Gefahr
Roman. Deutsch von Peter Fischer
detebe 21569

Judaslohn
Roman. Deutsch von Edith Walter
detebe 21570

Wenn Geister sterben
Roman. Deutsch von Brigitte Mentz
detebe 21616

Überstunden für den Totengräber
Roman. Deutsch von Theda Krohm-Linke
detebe 21630

Tänzer in Trauer
Roman. Deutsch von Irene Holicki
detebe 21691

Polizei am Grab
Roman. Deutsch von F.A. Hofschuster
detebe 21744

Blumen für den Richter
Roman. Deutsch von Marie Rieger
detebe 21821

Der Hüter des Kelchs
Roman. Deutsch von Edith Walter
detebe 21862

Der Geist der Gouvernante
Roman. Deutsch von Edith Walter
detebe 21900

Der Fall Pig
Roman. Deutsch von Karin Polz. detebe 21901

Ein böser Nachbar
Roman. Deutsch von Karin Polz. detebe 21962